河出文庫

ボルヘス怪奇譚集

ホルヘ・ルイス・ボルヘス
アドルフォ・ビオイ＝カサーレス
柳瀬尚紀 訳

kawade bunko

河出書房新社

ボルヘス怪奇譚集 CUENTOS BREVES Y EXTRAORDINARIOS 目次

緒言 7
死の宣告 10
人食い鬼の撲滅 12
秘蹟の贖いびと 14
セキリアの物語 15
邂逅 16
気むずかし屋 20
ナサニエル・ホーソーンのノートブックに散在するテーマ 21
荘子の夢 23
隠された鹿 24
バラモンたちと獅子 26
ゴーレム 29
師の帰還 30
アンドロメダー 32
怒りを恐れて 33
夢 34
王の約束 40
囚われ者の誓い 42
汝自身を知れ 44
直観の男 45

いかにしてわたしは
超人を見つけたか　46
王の目ざめ　53
長の死　54
宣言　55
説明　56
アレクサンドロス大王の神話　57
作品と詩人　58
優生学　59
ナポリの乞食　60
神がアレクサンドリアを見棄てる　61
女弟子　63
九人目の奴隷　64
勝利者　65

危険な奇跡行者　66
城　68
像　69
警告　70
ビリェナの技量　71
指し手の影 I　73
指し手の影 II　74
罪深き目　75
預言者と小鳥と網と　77
天空の雄鹿　79
料理人　81
論客　83
臆病者の当惑　85
鍵の返還　86

訓練された墓 87
セイレーンの沈黙 88
殴打 92
絨毯の下絵 94
ふたりの王とふたつの迷宮の物語 96
告白 98
もうひとつのファウスト 100
宝物 102
より大きな責苦 107
神学 108
磁石 110
不滅の種族 112
死神の顔 117
信仰と半信仰と無信仰と 119

奇跡 123
ふたりの永遠共存者 124
社交の上首尾 125
汽車 126
物語 130
罰せられた挑発 132
おそらくは幻惑的な 133
遍在者 I 134
遍在者 II 135
手ぬかり 137
白蓮の宗派 139
書物による防御 142
出会い 144
島の水 145

学問の厳密さ　147
ひたむきな画家　149
慰めの移り変わり　151
真説サンチョ・パンサ　153
不眠症　154
救済　156
取り乱して　158
エジプト人の試み　160
回顧的な　162
被告　163
見物人　166

信心過剰の危険　167
あるファンタジーの結末　168
四つの黙想　169
狐の話　171
万一にそなえて　173
オーディン　174
黄金の中庸　176

訳者あとがき　177

解説　眠れない夜に（朝吹真理子）　181

緒言

文学が与える数多い楽しみのひとつは、物語の楽しみである。本書はそのジャンルの諸例を読者の前に提供しようとするものである。架空の出来事もあり、史実もある。そうした意図のもとに、われわれはさまざまな国々とさまざまな時代のテクストを尋ね、東洋の古い豊かな資料を探ることも怠らなかった。逸話、喩《たと》え話《ばなし》、物語、それが短いものであるかぎりすべて歓迎した。

物語の精髄《せいずい》は本書の小品のうちにある、とわれわれは自負する。あとは挿話的な例証、心理的な分析、幸運な、もしくは間の悪い言葉の装飾である。本書がわれわれを楽しませたように、読者諸氏をも楽しませることと信ずる。

ホルヘ・ルイス・ボルヘス
アドルフォ・ビオイ＝カサーレス

ボルヘス怪奇譚集

死の宣告

その夜、子《ね》の刻に、皇帝は夢をみた。宮廷を出て、闇《やみ》のなか、花をいっぱいにつけた木々の茂る庭園を散策していた。何かが足元にひざまずき、かくまってほしいと頼んだ。皇帝は願いをききいれた。哀願者は己れが竜であると告げ、さらに、星まわりによれば翌日、夜になる前に、皇帝の大臣、韋成《いせい》に首を撥《は》ねられることになるといった。夢のなかで、皇帝は彼を守ってやると誓った。

目ざめると、皇帝は韋成の所在を問うた。韋成は宮中にいないということだった。皇帝は彼を捜しにやり、それから大臣が竜を殺さないように一日中用事をいいつけた。夜になりかけた頃、皇帝は象戯《しょうぎ》をしようといった。勝負はえんえんとつづいた。大臣はしだいに疲れ、眠ってしまった。

雷鳴が大地をゆるがした。まもなくふたりの兵士がその場へ現われた。血まみれになった竜の巨大な首を運んできたのだ。それを皇帝の足元に投げつけると、彼らは大声でいった。「空から落ちてきました」

そのとき目をさました韋成はまごついたふうにその首を見つめ、そしてこういった。「実に不思議だ。こんな竜を殺した夢を見ていたのだ」

呉承恩（一五〇五頃－一五八〇頃）

人食い鬼の撲滅

人食い鬼の一族全部の生命が二匹の蜂《はち》のなかに凝縮されていることもある。この秘密は、とある人食い鬼が囚《とら》われの王女にもらしたものだ。王女はその人食い鬼が不死ではないかもしれないと、気遣うようなふりをした。「わしたち人食い鬼は死なないのだ」と、その人食い鬼は彼女の心を落ち着かせるつもりでいった。「わしたちは不死ではないが、わしたちが死ぬのは人間どもにはけっして思いもよらないような秘密のためだ。これ以上心配しなくてよいように、それを明かしてやろう。ここの池を見るんだ。真中のいちばん深いところにガラスの柱が立っていて、水中のそのてっぺんに二匹の蜂がとまっている。もし人間が水のなかに潜《もぐ》っていって、二匹の蜂を陸に連れてきて放してやることができれば、わしたち人食い鬼はみんな死ぬ。しかしこの秘密が誰にわかろうか。心配無用、わしは不死だと思ってよい」
王女は秘密を英雄に明かす。彼が蜂を放してやると、人食い鬼はそれぞれの宮殿で全滅した。

ラル・ベハリ・デイ『ベンガルの民話』（ロンドン、一八八三）より

秘蹟《ひせき》の贖《あがな》いびと

あらゆる人食い鬼がセイロンに棲《す》み、彼らの存在すべてがただ一個のレモンのなかにはいっていることは、よく知られている。盲人がそのレモンを切り刻むと、人食い鬼は残らず死ぬ。

『インドの好古家』第一巻（一八七二）より

セキリアの物語

マルスの高僧ルキウス・フラックスから、わたしはつぎのような話をきいた。メテルスの娘セキリアが、姉の娘を嫁《とつ》がせたがっていた。そこで古いしきたりにしたがって、ふたりの女は予言を求めて、とある寺院へおもむいた。娘は立ったままで、セキリアは腰をおろした。しばらくたったが、予言の言葉は一言も聞こえてこなかった。姪《めい》が退屈しだして、セキリアにいった。「ちょっと腰かけさせてくださいね」。「もちろんよくってよ」とセキリアはいった。「あたしと替わるといいわ」

この言葉が予言となった。というのはセキリアはまもなく死んで、姪がその夫のもとに嫁いだのだ。

キケロ『予言について』第一巻四十六

邂逅《かいこう》

倩娘《せんじょう》は湖南省の官吏、張鎰《ちょういつ》の娘だった。彼女には聡明で美男の若者、王宙《おうちゅう》という従兄があった。ふたりのいとこはいっしょに育った。そして張鎰はこの少年を愛し、また見込んでもいたので、いずれは婿養子にしようといった。幼いふたりは、ふたりともこの約束を耳に入れ、心にとめておいた。娘はほんの子供で、いつも従兄といっしょにすごした。ふたりの愛は日ごとに育っていった。やがてふたりがもはや子供ではなくなって、間柄も親密になる日がやってきた。不幸なことに、まわりで父の張鎰だけがそれに気づかなかった。ある日、とある青年官吏が張鎰に娘と結婚させてほしいといってきた。父親は昔の約束のことを考えなかったのか、忘れていたのか、承諾してしまった。倩娘は愛と孝行とのあいだに心を引き裂かれ、死ぬほど嘆き悲しんだ。若者は絶望のあまり、恋人がほかの男に嫁《とつ》ぐのを見るよりは、この地を去ろうと決意した。彼はあれこれと口実をつくり、どうしても都へ出たいと叔父に語った。ひきとめることができないので、叔父は贈り物の品々とともに資金を与え、別れの宴《うたげ》を催した。失意のうちに王宙は酒宴の最中にも嘆きをまぎらすことができず、望みの絶たれた恋に執着するよりは去っていこうと、前よりいっそう堅く決意した。

青年はある日の午後、船出した。何哩《なんり》も船を進めないうちに夜になった。彼は水夫に船を停泊させて、眠ることにした。しかし王宙は寝つかれなかった。真夜中頃、彼は足音が近づいてくるのを耳にした。彼は起きあがって呼びかけた。「誰だ、こんな夜ふけに歩きまわっているのは?」「わたし、倩娘よ」と返事がした。驚き、かつ狂喜して、彼は彼女を船に乗せた。彼女は、彼の妻となれるのを待ちに待っていた、父のしたことは正しくない、離れ離れになるのは耐えられなかったと、彼に語った。彼が見知らぬ地でひとりきりになり、自殺してしまうかもしれないと心配もした。だから皆の反対や親の怒りをものともしないでやってきて、彼のいくところならどこへでもついていくというのだった。幸せにも再会したふたりは、すぐさま四川《しせん》への旅をつづけた。

幸福の五年がすぎ、彼女は王宙のふたりの子をもうけた。しかし倩娘の一家の消息がぜんぜんないので、彼女は毎日、父親のことを思った。それが彼らの幸福な空のただ一片の暗雲だった。両親がまだ生きているのかどうか、彼女には知るよしもなかった。そこである夜、彼女はその不安を王宙に打ち明けた。ひとり娘だったので、彼女は大切な孝行を怠った咎《とが》を感じていた。「おまえは気立てのやさしい娘だ、わたしが力になってやろう」と王宙はいった。「五年たっているのだから、もうわたしたちのことを怒ってはおるまい。故郷《くに》へ帰ってみよう」倩娘はおおいに喜び、ふたりは子供たちを連れて帰る支度をした。

船が生まれ故郷の市《まち》へ着くと、王宙は倩娘にいった。「おまえの親たちがどんな気持でいるかわからない。わたしひとりでいって、確かめてこよう」。邸《やしき》がみえると、彼の心は高なった。王宙は義理の父に会い、ひざまずき、ふかぶかと礼をし、赦《ゆる》しを乞うた。張鎰は惘然《ぼうぜん》として彼をみつめ、そしていった。「何をいっておるのだ？　倩娘は床にふせったきり、こんこんと眠ったままだ。一度も起きあがったことはない」

「しかし本当の話です」と王宙はいった。「彼女は元気で、船でわたしたちを待っています」

張鎰はどう思ってよいやらわからず、ふたりの侍女に倩娘を見にいかせた。いってみると彼女は船上に腰かけており、美しく着飾ってまばゆいばかりだった。彼女は侍女たちに、両親へ心からの敬意を伝えてほしいといった。驚きの念に打たれて侍女たちは邸へ戻った。張鎰はますます狼狽《ろうばい》してしまった。とかくするうちに、病気の乙女が知らせを耳にし、いまや病が癒えた様子をみせた。目には新たな輝きがあった。彼女は床から起きあがると、鏡の前で身じまいをととのえた。笑みをたたえ一言も口をきかず、彼女は船のほうへむかっていった。同時に、船上の乙女も邸のほうへ歩きはじめた。ふたりは川堤の上で出会った。そこでふたりが抱きあうと、ふたつのからだは融《と》けあい、かくてひとりの倩娘だけになった。いままでのように若々しく愛らしかった。両親は狂喜したが、あれこれ取沙汰されるのを恐れて召使いたちに口外しないよう申し渡した。

五十年以上も、王宙と倩娘は幸福のうちに暮らした。

唐朝（六一八－九〇七）の話

気むずかし屋

カルダンが病気になった。叔父が尋ねた。

「何が食べたい？」

「羊二頭の頭ひとつ」

「そんなものはない」

「それなら、羊一頭の頭ふたつ」

「そんなものはない」

「では何も欲しくありません」


イブン・アブド・ラッビヒ『類いなき首飾り』第三巻

ナサニエル・ホーソーンのノートブックに散在するテーマ

ある男が目ざめていてふだんの生活をしているときには、もうひとりの男をうやまい、全幅の信頼を置いているが、しかしこのうわべの友が実に不倶戴天《ふぐたいてん》の敵たる役割を演ずる夢にしばしば悩まされる。ついに、この夢の人物が真《まこと》の姿であることがわかる。説明するなら――その人間の本能的知覚。

群衆のただなかにありながら、自分も群衆も孤独の深淵におちこんでいるかのように、生命その他一切が完全にもうひとりの男に支配されているひとりの男の状況。

強力な性格の持ち主が、自分に従属しきっている男に何らかの行為をなすことを命ずる。命令する人物が突然の死をとげる。従属者は終生、その行為をしつづける。

ある金持が遺言で大邸宅と財産を貧しい夫婦にのこす。夫婦が邸宅に移り住むと、陰険な召使いがいて、この男を追い払うことは遺言で禁じられている。この召使いが夫婦にとって厄介の種となる。最後に、それが邸《やしき》の以前の主人であることがわかる。

ふたりの人物がある出来事を期待していて、ふたりの主役の登場を待ち受けているが、出来事はその時点ではじまっていて、彼ら自身がふたりの役者であることがわかる。

ある男が物語を書いているが、それが自分の意図に反した形をとる。登場人物たちは自分の考えたのとは別の行動をする。予測しなかった出来事が起こる。そして、彼がむなしくも避けようとつとめる悲劇的大詰めが到来する。それは彼自身の宿命のきざしを示すらしい——彼は作中人物のひとりとなってしまったのだ。

ナサニエル・ホーソーン『ノートブック』(一八六八)

荘子の夢

荘子は蝶《ちょう》になった夢を見た。そして目がさめると、自分が蝶になった夢を見た人間なのか、人間になった夢を見た蝶なのか、わからなくなっていた。

ハーバート・アレン・ジャイルズ『荘子』（一八八九）より

隠された鹿

鄭《てい》の樵《きこり》が野でおびえた鹿に出会い、これを殺した。他人に見つけられないように、彼はそれを森に埋め、葉や枝でおおっておいた。ほんの少したつと彼は隠し場所を忘れてしまい、全部夢に見たことだと思った。彼はこのことを夢物語であったかのように皆に話した。話をきいたある男が隠された鹿を捜しに出かけ、それを見つけた。彼はそれを家に持ち帰り、妻にいった。

「樵のやつは鹿を殺した夢を見て、それをどこに隠したか忘れてしまった。そこでわしが見つけてやった。あの樵はまったくもって夢想家だ」

「あなたはきっと、鹿を殺した樵に会った夢を見たのよ。そんな樵がいたなんてこと、本気で信じていて？　でも鹿は目の前にいるのだから、あなたの夢はまちがいなく本当ね」と妻がいった。

「夢のおかげでわしがこの鹿を見つけたとしてもだ」と夫がやり返した。「ふたりのうちどっちが夢を見ていたかはっきりさせるまでもあるまい」

その夜、鹿のことをまだ頭にのこしながら樵は家へ帰った。そして彼はまさしく夢を見た。夢のなかで、彼は鹿を隠した場所の夢を見、そこを見つけた男の夢も見た。明け方、彼はそのもうひとりの男の家へいき、鹿を見た。ふたりの男は言い争い、決着をつけるためについに判事の前に出頭した。判事は樵に申し渡した。

「おまえは実際に鹿を殺し、それが夢だと思った。それから本当に夢を見て、それが真《まこと》だと思った。もうひとりの男は鹿を見つけ、いまおまえと争っているが、しかしその男の妻は彼が誰かほかの者が殺した鹿を見つけた夢を見たと思っている。ようするに、誰も鹿を殺してはいない。しかしこの目の前に鹿がいるのだから、いちばんよいのはふたりで分けることだ」

この判決は鄭の王の耳に届いた。鄭の王はこういった。

「その判事じゃが、彼は鹿を等分している夢を見ているのではないか?」

列子（三世紀頃）

バラモンたちと獅子《しし》

とある町に友達同士の四人のバラモンが住んでいた。そのうち三人は人知の限界に到達していたが、日常の知恵に欠けていた。四人目は知識を軽蔑《けいべつ》した。彼のもっているのは日常の知恵のみだった。ある日、彼らが集まった。われわれが旅をせずして、王たちの厚遇を受けずして、金を得ずして、と彼らはいいあった、天与の資質と才能は何の益になろうか。なにはさておき、旅に出ようではないか。

しかしそれから一区切り旅をしたところで、年長者がいった。

「われわれのうちひとり、四人目は愚か者で、日常の知恵しかもちあわせていない。知識なしでは、日常の知恵のみでは、王たちの厚遇は得られまい。だから、われわれの利益を彼に分かつのはよそう。彼を故郷《くに》へ帰そう」

二人目がいった。

「聡明な友よ、きみには知恵が足りない。故郷へ帰りたまえ」

三人目がいった。

「そんなやり方はないじゃないか。みんな、子供の頃からいっしょに遊んだ仲だ。きたまえ、高尚な友よ。きみにもわれわれの利益を分けてやろう」

彼らは旅をつづけ、とある森のなかで一頭の獅子の骨に出くわした。彼らのひとりがいった。

「われわれの知識をためす恰好の機会だ。ここに死んだ動物がいる。これを生き返らせようではないか」

最初の男がいった。

「わしは骨格の組み立て方を知っている」

二人目がいった。

「わしは皮と肉と血を与えることができる」

三人目がいった。

「わしは生命を与えられる」

最初の男が骨格を組み立て、二人目が皮と肉と血を与えた。三人目がこの獣に生命を吹き込もうとしたとき、日常の知恵の男がいった。

「こいつは獅子だ。生き返らせたら、きっと皆殺しだ」

「きみは実に単純だ」と、もうひとりがいった。「わしは知識の活動を中止するようなことはしたくない」

「それなら」と日常の知恵の男が答えた、「わしが木に登るあいだ、ちょっと待ってくれ」

彼が木に登ってしまうと、ほかの者たちは獅子を生き返らせた。獅子は起きあがると、その三人を殺してしまった。日常の知恵の男は獅子が立ち去るのを待って木から降り、そして故郷へ帰った。

パンチャタントラ（二世紀）

ゴーレム

正しき者が世界を創造しようとすれば、それは可能だった。神の聖なる御名を組み合わせることによって、タルムード学者ラヴァはひとりの人間をつくることができた。この男を律師セラのもとへ遣ると、律師セラはこれに話しかけた。この生き物が返事をしないので、律法学者《ラビ》はいった。「おまえは魔法の創造物だ。もとの塵《ちり》に戻れ」

彼らは金曜日ごとに『セーフェル・イェツィラー』、すなわち『創造の書』の研究に当り、それから三歳の子牛をつくっては夕食に用いたふたりの師でもあった。

『タルムード』「サンヘドリン」65b

師の帰還

ごく幼少の頃から、ミグィウル——これが彼の名だった——は、自分のいるべきところにいないという感じをつねにもっていた。彼は自分が家族に対しても他所者《よそもの》、村でも他所者だと感じていた。夢のなかで、彼はヌガリにない光景を見るのだった。砂漠、丸いフェルトのテント、山上の修道院がそれだった。目ざめているときもそれと同じイメージに現実がかすみ、ベールにつつまれた。

十九歳になると、彼はそうした姿形に照応する現実に出会いたいばかりに家出した。放浪者、乞食《こじき》、人夫、ときには盗人にもなった。この特別な日、彼は国境近くのあの宿屋に着いた。

家が、モンゴル人の疲れた隊商が、庭には駱駝《らくだ》が見えた。敷居をまたぐと、彼は隊商を率いている老修道僧と対面していた。ふたりがたがいの正体を認めあったのはこのときだった。若き放浪者は自分自身が年老いたラマ僧であるのを見、久しい昔に自分の弟子であったときのラマ僧、修道僧を見た。修道僧はいまは亡き昔の師をその若者のうちに認めた。ふたりはともに、彼らがチベットの聖所を遍歴したこと、山上の修道院へ戻ったことを思い出した。ふたりは語らいあい、過去を呼び起こした。たがいに相手の言葉をさえぎって、こまごましたことを正確に補った。

モンゴル人たちの旅の目的は修道院の新しい長を捜し求めることだった。昔の長が死んで二十年たち、その長い間、彼らは長の生まれ変わりをむなしく待っていた。今日、その生まれ変わりに会えたのだ。

夜明けに、隊商はゆっくりと引き返す旅に出た。ミグィウルは前世の砂漠、丸いテント、山上の修道院へと戻っていった。

アレクサンドラ・ディヴィッド＝ニール『チベットの魔術と神秘』（一九二九）

アンドロメダー

ペルセウスに不意を襲われた朝、竜はかつてないほど元気で上機嫌だった。すばらしく溌剌《はつらつ》としている様子だった。そうアンドロメダーはペルセウスにいったという。いつものように元気に起きて、云々《うんぬん》、と。わたしがこの話をバラドにすると……彼は詩人たちにおいてはそうありたいものだといった。わたしは彼の顔を見て、わたしも「詩人たち」だといった。

サミュエル・バトラー『ノートブック』(ロンドン、一九五一)

怒りを恐れて

とある戦《いくさ》で、アリは敵を倒し、その胸に膝《ひざ》をついて乗りかかり首を撥《は》ねようとした。相手は顔に唾《つば》を吐きかけた。アリは立ちあがると、男を放してやった。どうしてそんなことをしたのかときかれて、彼は答えた。
「あの男が顔に唾を吐きかけたので、怒りのあまり殺してしまうことを恐れたのだ。神の御目のもと汚れなきときにのみ、わたしは敵を殺す」

アハマッド・エル・カリュビ『ナナディール』

夢

マレーは夢を見た。

われわれの形なき自己が「死と双子《ふたご》どうしの眠り」の世界をさまようときの不思議な冒険について説明しようとすると、心理学も科学も手探りである。この物語は解明をもくろむものではなく、マレーの夢の記録たるにすぎない。あの不思議な目ざめたる眠りの最も謎《なぞ》めいた特徴のひとつは、数カ月あるいは数年にもおよぶように思われる夢が数秒、数分とかからないで起こるということだ。

マレーは死刑囚監房の独房のなかで待っていた。廊下の天井のアーク灯の光が独房のテーブルを明るく照らしていた。真白な紙の上を一匹の蟻《あり》があちこち必死に這いずりまわり、マレーはその行く手を封筒でさえぎっていた。電気椅子による処刑はその夜八時と決まっていた。マレーは虫のなかで最も賢いものが道化のようなふるまいをするのをみて微笑んだ。

監房にはほかに七名の死刑囚がいた。ここにはいって以来、マレーは三人が宿命へと連れ出されるのを見た。ひとりは発狂し、罠《わな》に捕えられた狼のごとくあばれた。同じように錯乱したひとりは殊勝ぶって口先だけの信心を天に唱えた。三人目の女々しい男は気絶して板にからだをくくりつけられた。マレーは自分の心臓と足と顔とが自分自身に対していかなる面目をほどこして、刑罰に直面するであろうかと考えた。今夜は彼の番なのだ。そろそろ八時のはずだと彼は思った。

二列に並んだ独房のむかい側に、ボニファチオの監房があった。婚約者を殺し、逮捕にきた将校をふたり殺したシシリア人だった。この男とマレーは何時間もチェッカーに興じた。おたがいが見えない相手にむかって、廊下ごしに一手一手叫ぶのだった。

堂々たる歌手のような大きく朗々としたボニファチオの声が響いた。

「おい、マレーの旦那、どうだい気分は——元気か——ええ？」

「元気だ、ボニファチオ」と落ち着いた声で答えながら、マレーは蟻に封筒の上をつたわせ、それからそっと石の床に落としてやった。

「そいつはいいぜ、マレーの旦那。おれたちのような男はだ、男らしく死なにゃならん。おれの番は来週だ。けっこう。忘れんでくれよ、マレーの旦那、あの最後の勝負はおれが勝ったんだぜ。いつかまたやるかもしれん。わからんがな。おれたちの送られるところで、でっかい声でチェッカーをやらんくちゃならんかもしれないぜ」

ボニファチオの無情な哲学にすぐにつづいて耳を聾《ろう》するばかりの響きのいい笑い声がきこえたが、マレーの麻痺した心は冷やされるというより暖められた。だが、ボニファチオは来週まで生きねばならないのだった。

独房の囚人たちは廊下の突き当りの扉が開けられたときの鋼鉄の錠前がガチャンという、聞きなれた大きな音を耳にした。三人の男がマレーの独房へやってきて、鍵をはずした。ふたりは看守だった。もうひとりは「レン」だった──いや、それは昔のことだ、いまはレナード・ウィンストン師、裸足《はだし》で遊んだ頃からの友人で隣人だった。

「教誨師《きょうかいし》にしてもらったのだ」といって、彼はマレーの手をぎゅっと強く握りしめた。左手には小さな聖書をもち、人差指でとあるページをおさえていた。

マレーはちょっと微笑んで、二、三冊の本と数本のペン軸をきちんとテーブルの上に並べた。何かいいたかったのだろうが、適当な言葉が頭に浮かんでこない様子だった。

囚人たちは奥行八フィート、幅二十八フィートのこの監獄を辺土横町と呼んでいた。辺土横町のいつもの看守は大きな図体のがさつで温情味のある男で、ポケットからウィスキーの一パイント壜をとりだしてマレーに手渡すと、こういった。

「いい代物だぜ、こいつは。一杯ひっかけなくちゃならん連中なら、誰だってもってるんだ。こいつは癖になる心配はないってことよ」

マレーはごくごくと飲んだ。

「いけるじゃないか!」と看守はいった。「ちょいとあおりゃ、万事すんなり運ぶってもんだ」

彼らは廊下へ踏み出した。そして七人の死刑囚はそれぞれに知っていた。辺土横町はこの世の外にある世界だ。しかしその世界は、五感がひとつ以上奪われたとき、別の感覚にその欠陥を埋めさせることができたのだ。それぞれがじきに八時になること、マレーが八時には電気椅子にいかねばならぬことを知っていた。数多い辺土横町には犯罪の貴族制もある。公然と人殺しをする者、原始的な感情と戦闘意欲に燃えて追跡者や敵を倒す者は、人間の姿をした溝鼠《どぶねずみ》、蜘蛛《くも》、蛇《へび》を蔑視《べっし》する。

そこで、七人の死刑囚のうち三人だけが、ふたりの看守にはさまれて廊下を歩いていくマレーに別れの声をかけた——ボニファチオ、脱獄しようとして看守を一名殺したマーヴィン、それにバセット、手を上げろといったのに上げなかった飛脚を殺した列車強盗だった。残る四人はそれぞれの独房で気持をくすぶらせながら押し黙ったままだった。たぶん、自分たちのあまり華々しくない違法行為の思い出よりも、辺土横町社会における社会的オストラシズムに強く感じいっていたのだ。

マレーは自分が冷静で、ほとんど無関心といってよい気持なのを不思議に思った。処刑室にはほぼ二十人の男たちがいた。獄吏《ごくり》、新聞記者、立会人から成る一団で……

このちょうどセンテンスの真中で、「夢」はO・ヘンリーの死によって中絶されている。しかしながら結末はわかる。マレーは恋人殺害の罪を問われ有罪とされ、説明しがたい無関心のまま宿命に直面する。彼は電気椅子に連れていかれ、ゆわえつけられる。突然、死の部屋、見物人、処刑の準備、すべてが非現実に思われる。自分は恐ろしい間違いの犠牲者だという考えが浮かぶ。なにゆえにこの椅子にしばりつけられたのか？　何をしたというのだ？　どんな犯罪をおかしたのだ？　彼は目ざめる。妻と子供がかたわらにいる。殺人、審判、死刑の宣告、電気椅子、一切が夢だと彼は悟る。ふるえのとまらぬまま、彼は妻の額に接吻《せっぷん》する。その瞬間、彼は処刑される。

処刑が彼の夢を中絶する。

O・ヘンリー

王の約束

トスティグ――ゴッドウィンの息子でイングランドのサクソン王ハロルドの弟――は権力に焦がれ、ノルウェー王ハラルド・ジグルズソンと同盟をむすんだ。(後者はすでにビザンチウムやアフリカに遠征していた。軍旗はランドォダ、国土の略奪者と称された。彼はまた詩人でもあった。)トスティグとハラルドはノルウェー軍の先頭に立ってイングランドの東海岸に上陸し、ヨルヴィク(ヨーク)の要《よう》塞《さい》を陥落させた。ヨルヴィクの南方で、彼らはサクソン軍に出会った。二十人の騎馬兵が侵略者の軍勢のもとへ近づいてきた。兵のみならず馬も鎧《よろい》に身をかためていた。騎兵のひとりが叫んだ。

「トスティグ伯はおられるか?」

「ここにいるのは否定しない」と伯爵が答えた。

「あなたが本当にトスティグでいらっしゃるのなら」と騎兵がいった。「兄君は赦《ゆる》しと友情と王国の三分の一を与えようといっておられますぞ」

「わしが承諾したら」とトスティグはいった。「王はハラルド・ジグルズソンに何を与えるのか？」

「それも忘れてはおられぬ」と乗り手が答えた。「イングランドの土を六フィート与えるそうだ、それにあの男は背丈がかなりあるから、もう一フィート」

「それでは王に申し伝えろ」とトスティグはいった。「われわれは死ぬまで闘うとな」

騎兵は引き返していった。ハラルド・ジグルズソンは考えぶかげに尋ねた。

「実に達者に口をきいたあの男は誰だ？」

「あれがゴッドウィンの息子ハロルドだ」

その日、太陽が沈まぬうちに、ノルウェー軍は全滅した。ハラルド・ジグルズソンは戦死し、伯爵も討ち死にした。


スノリ・ストルルソン『ヘイムスクリングラ』九一－九二

囚《とら》われ者の誓い

黄金の銅の壺《つぼ》から外へ出してくれた漁師に妖霊はいった。

「わしは異端の妖霊のひとりで、ダヴィデの子ソロモン（ふたりとも安らかならんことを！）に背いたのだ。わしは負けた。ダヴィデの子ソロモンは神の信仰をいだけとわしに命じ、自分の命令に従えといった。わしは断った。王はこの銅の器にわしを閉じ込め、蓋《ふた》に至高の御名を押し、服従した妖霊に命じてわしを大海の真只中《まったただなか》へ投げ込ませた。わしは心の中でいったのだ。『わしを救い出してくれるものがあれば、そいつを永久に金持にしてやろう』とな。ところがまる百年たっても、わしを助け出してくれる者がいない。そこで心のなかでいったのだ。『わしを救い出してくれる者があれば、そいつに大地の魔法を残らず明かしてやろう』。しかし四百年たっても、わしは海の底だった。それからわしはいった。『救い出してくれる者があれば、そいつに三つの願いをかなえてやろう』。しかし九百年たった。そこでやけっぱちになって、わしは至高の御名のもとに誓ったのだ。『わしを助け出してくれる者があれば、そいつを殺してやろう』。おお、わが救い主よ、死ぬ覚悟をせい！」

『千夜一夜物語』第三夜より

汝自身を知れ

マーディとその軍勢がゴードン将軍の守るカートゥームを包囲していた。敵の数名が戦線を抜けて、その包囲された市《まち》にはいった。ゴードンはそれをひとりずつ迎え、彼らが自分の姿を見られるような鏡を指し示した。男が死ぬ前に自分の顔を知っておくのは当然のことにすぎないと考えたのだ。

ファーガス・ニコルソン『鏡のアンソロジー』

直観の男

アンダルシアの中心、いわば腎臓《じんぞう》に、とある医学校があったという。師が尋ねた。

「この患者に関する所見はどうかな、ぺぺ？」

「わたしにわかるかぎりでは」と弟子が答えた。「胸と背の間に頭痛があります、それで見込みがありません」

「またどうしてそんな辛辣《しんらつ》なことをいうのかね？」

「わたしの魂がいっておりまして、先生」


アルフォンソ・レイエス『区画整理』（一九四四）

いかにしてわたしは超人を見つけたか

バーナード・ショオ氏やその他の現代作家の読者諸氏は、超人が見つかったことを知りたかろうと思われる。わたしが見つけたのだ。彼はサウス・クロイドンに住んでいる。わたしの成功はショオ氏にとって大打撃となるだろう。氏はまるで見当違いな跡をたどり、いまはブラックプールでこの生き物を捜している。そしてひそかな実験室で気体からこれをつくり出そうとするH・G・ウェルズ氏の考えについていえば、わたしはそれがかならず失敗するものとつねづね考えていた。ウェルズ氏に断言しておくが、クロイドンの超人はありきたりの生まれ方をした。とはいえむろん、彼自身はぜんぜんありきたりではない。

のみならず彼をこの世に生み出した両親も、この驚くべき存在にふさわしくない人物ではない。ハイペイシア・スマイズ＝ブラウン夫人（現ハイペイシア・ハッグ夫人）の名は、イースト・エンドではけっして忘れられまい。そこで彼女は実に立派な社会奉仕を行なったのだ。「子供たちに救いを！」という彼女の絶えざる叫びは、粗悪な色彩をほどこされた玩具で遊ばせておくために児童の視力を冷酷にも投げやりにしているというものだった。彼女は有無をいわせぬ統計を引きあいにして、すみれ色や朱色をみるのを放任しておいた子供はきわめて高齢になると視力がおとろえることを証明した。棒乗り猿の弊害《へいがい》がホクストンからほぼ一掃されたのは、彼女の休みない粛正運動のおかげだった。この献身的運動家は疲れ知らずで街中を歩きまわり、哀れな子供たちからひとり残らずその玩具を取りあげた。子供たちは彼女の親切に感動して涙を流すこともしばしばだった。彼女の善行が中断したのは、新たにゾロアスター教の教義に興味を抱いたためでもあり、傘で激しい一発をくらったためでもあった。これをくらわしたのはふしだらなリンゴ売りのアイルランド女で、何か浮かれ騒ぎから雑然たるアパートへ帰ってきたところ、寝室でハイペイシア夫人が油絵風石版画を取りおろしていた。控え目にいっても、精神を高尚にする代物ではなかったのだ。これを見て、わけもわからずいくぶん酔ってもいたケルト女は社会改革者に痛烈な一撃をくらわせ、おまけに愚かにも盗人呼ばわりした。夫人の繊細にも均衡のとれていた心は打撃を受けた。かくて短期間の精神的病にかかっていた頃、ハッグ博士と結婚したのだった。

ハッグ博士その人については語るを要しまい。今日イギリス民主制の唯一の魅惑的関心事である、新個人主義優生学におけるあの果敢な実験の数々を多少なりとも知っている者なら、誰しも彼の名を知っているはずだし、没個人的権力の個人的保護をその名に託することもしばしばある。早くから彼は、少年の頃に電気技師として得たあの仮借なき洞察眼を宗教の歴史にむけた。のちに、わが国有数の地質学者となり、地質学のみがもたらしうる大胆で冴《さ》えきった展望を将来の社会主義に与えた。最初、彼の見解と貴族主義的な妻の見解との間に一種の裂け目、かすかではあるが認知しうる割れ目のごときものがある様子だった。というのも彼女は、(彼女自身の力強い文句を使うなら)貧しき者を貧しき者から守ることに賛成だった。一方、夫は無慈悲にも、新しい印象的な比喩を用いて、どんなひ弱な者も壁に突き当らねばならぬと公言した。しかしながら結局、夫妻は両者の見解のまぎれもない現代性に本質的一致を見出した。そしてこの啓発的かつ明瞭なる定則のうちに、両者の心は落ち着いた。その結果、わが文明のふたつの最高の型、上流婦人とほとんど低俗な医者との結合は超人の誕生という祝福を受けた。これこそバタシー地区の全労働者が日夜、待ちに待っているものである。

ハイペイシア・ハッグ夫妻の家はなんなくみつかった。クロイドンのはずれのあちこちにつながる通りのひとつにあり、ポプラ並木がそびえている。戸口へたどりついたのは夕暮れ近くだったので、人間の子供よりすばらしい生き物のいる薄暗い大きなその家のなかに、わたしが何か黒い怪物のようなものを想像したのも当然だった。家のなかへはいると、ハイペイシア夫人とその夫はこの上なく丁寧に迎えてくれた。けれども、もうかれこれ十五歳で、静まりかえった部屋にひとりとじこもっている超人に実際会うのは、きわめてむつかしかった。父親や母親と話をしてみても、この謎《なぞ》の生き物の性格がいっこうに釈然としなかった。青白く鋭い顔をして、ホクストンのたくさんの家庭に明かりをもたらしたあのえもいわれぬ愁いをおびた灰色と緑に身をつつんだハイペイシア夫人は、並みの母親の俗な虚栄のかけらも見せずに子供のことを話すのだった。わたしは思い切って、超人は美男ですかと尋ねた。

「彼は彼自身の標準をつくりますからね」と答えて、夫人は軽くため息をついた。「その規準ではアポロをしのぎます。わたくしたちのもっと低い規準では、もちろん――」そしてもう一度ため息をついた。

とんでもない衝動にかられて、わたしは出し抜けにいった。「髪があるのですか?」

長い苦痛の沈黙があって、それからハッグ博士がなめらかにいった。「あの規準ではすべてが違うのです。彼のは違うのです……その、もちろん、われわれのいう髪とは……しかし――」

「こういってはどうかしら」と妻がたいへんやわらかくいった。「話の都合上、たんなる大衆に話すときは髪と呼ぶことにしては?」

「なるほどそれはよかろう」と博士はちょっと考えてからいった。「ああいう髪については、喩《たと》えで話さなくてはならん」

「では、いったい何ですか」とわたしは少々じりじりして尋ねた。「髪でないとすれば。羽毛ですか?」

「違います、われわれの理解している羽毛とは」とハッグは恐ろしい声で答えた。

わたしはじれったくなって立ちあがった。

「ともかく会っていいですね」とわたしはいった。「わたしはジャーナリストです、好奇心と個人的な虚栄のほか何ら俗な動機はありません。超人と握手してきたぞといいたいわけです」

夫妻は重々しく腰をあげると、双方とも困惑の態で立っていた。

「ええ、それはもちろん、つまり」とハイペイシア夫人は貴族の女主人らしい魅力たっぷりの笑みを浮かべていった。「厳密には握手はできませんのよ……つまり手ではなくて……構造がもちろん——」

わたしは社交の束縛を一切かなぐりすてて、信じがたい生き物がいると思った部屋の扉口へ突進した。わたしは勢いよく扉を開けた。部屋は真暗闇《まつくらやみ》だった。しかしわたしの前で小さく悲しげな叫びがして、背後からは二重の金切声が聞こえた。

「やってしまった、ああ」とハッグ博士は叫び、禿げた額を両手にうずめた。「すきま風に当ててしまったから、彼は死にました」

その夜、クロイドンから引き返す途中、わたしは黒い服の男たちが人間の形とは似ても似つかない柩《ひつぎ》を運んでいるのを見た。風が頭上でむせび泣き、ポプラの木々は渦巻いて、何か宇宙の葬儀を飾るしるしのようにうなだれ、ゆれていた。「実際」とハッグ博士はいった。「全宇宙が、その最もすばらしい子の誕生が水泡に帰したことを嘆き悲しんでおるのです」。しかしわたしは、風の甲高いむせび泣きに嘲りの笑いがあると思った。

G・K・チェスタトン

王の目ざめ

一七五三年の軍事上の敗北ののち、カナダにいたフランスの密偵たちはインディアンのあいだにこんな噂《うわさ》をひろめた。フランス国王はふかい眠りにはいって過去数年間ずっと眠りつづけていたが、つい先頃目をさまして、真先にこういった。「赤い肌をした余の子供らの国を侵略したイギリス人を、われらは即刻、追放せねばならぬ」。この噂は大陸中にひろまり、有名なポンティアックの陰謀の原因のひとつとなった。

H・デヴィニュ・ドゥーリットル『世界史散策』（ナイアガラ・フォールズ、一九〇三）

長《おさ》の死

カチャリの義勇軍が正規軍に敗北したとき、カチャリは戦死したものと思われて湖の堤に取り残された。この湖は今日、彼の名がつけられている。この地方の住民の話によると、二日二晩、狂乱したように、息絶えんとする長《おさ》はなおも闘わんとするかのごとく吠えていた。「おれがカチャリだ、カチャリだ、カチャリだ……」

レオン・リベラ『ある従卒のスケッチ』(ラ・プラタ、一八九四)

宣言

スコットランドの古い戦《いくさ》で、ダグラス一族の長《おさ》が敵の手におちた。翌日、塔のなかの彼の部屋へ大皿にのせた野猪《のいのしし》の首が運ばれた。それを見てすぐさま、ダグラスは自分の運命が定まったと悟った。その夜、彼は首を撥《は》ねられた。

ジョージ・D・ブラウン『カレドニアの脇道での落穂拾い』（ダンバー、一九〇一）

説明

かたくなな懐疑論者王充《おうじゅう》は、不死鳥という種を否定した。彼は、蛇《へび》が魚に、二十日鼠《はつかねずみ》が海亀に変わるように、雄鹿が平安と静寂の時代に一角獣に変身し、鵞鳥《がちょう》が不死鳥の姿になる、と公言した。彼はこうした変化を「醴泉《れいせん》」によるものとした。これは紀元前二三五六年、尭《ぎょう》皇帝の庭園に深紅の草を生えさせたものである。

エドウィン・ブロスター『自由主義思想の歴史の補足』(エディンバーグ、一八八七)

アレクサンドロス大王の神話

アレクサンドロス大王がバビロンで死なず、軍からはぐれて道に迷い、さらにアジアの奥深くへ迷い込んでしまう夢が語られるロバート・グレイヴズの詩を思い出さない者はないだろう。その未知の土地をさまよったあげく、彼は黄色人の軍隊に出くわし、戦闘を稼業とする彼はその兵卒に加わった。数カ年がすぎて、給与の支払われる日、アレクサンドロスは渡された一枚の金貨を驚いた面持でじっと眺めた。金貨の肖像には見覚えがあって、彼はこう思った。これはわしがマケドニアのアレクサンドロスだったとき、ダリウスを破った記念につくらせたものだ。

アドリエンヌ・ボルドナーヴ『過去の変更、あるいは伝統の唯一の基盤』（ポー、一九四九）

作品と詩人

ヒンドゥー教詩人トゥルシーダースは、ハヌマットとその猿軍をたたえる「武勲」を書いた。数年後、彼はとある王の手で石の塔に幽閉された。牢のなかで彼が一心不乱に瞑想《めいそう》にふけると、その瞑想からハヌマットと猿軍が現われて、市《まち》を占領し、塔になだれ込み、トゥルシーダースを救った。

R・F・バートン『インディカ』（一八八七）

優生学

とある貴婦人がドッド氏なるピューリタンの牧師との恋に狂ってしまい、天使か聖人の種を宿すために夫婦のベッドを使わせてほしいと夫に頼みこんだ。しかしそれを赦《ゆる》されたものの、生まれたのは並みの子だった。

ドラモンド『ベン・イオンシアナ』（一六一八頃）

ナポリの乞食《こじき》

ナポリに住んでいたとき、わが王宮の戸口に女乞食が立っていて、わたしは馬車に乗る前にこれに硬貨を投げ与えていたものだ。ある日、この女がまるで感謝のしるしをみせないことに不意に戸惑って、わたしは女をじっとみつめた。乞食だと思っていたものが実は赤土と腐りかけたバナナの皮のつまった緑色の木の箱だということが、まさにこのときわかった。

マックス・ジャコブ『骰子筒』(一九一七)

神がアレクサンドリアを見棄《みす》てる

アントニウスがアレクサンドリアでカエサルの軍勢に包囲され、市《まち》じゅうが呆然たる絶望に静まりかえり、どうなることかと不安におののいていたとき、次第に大きな物音がしてきたという話がある。これは多数の楽器がかなでる響きと、バッコスの信徒たちの騒々しい狂乱の行列のように、大勢の人間がサテュロスの歌と踊りに興ずる浮かれ騒ぎとによって引き起こされたものだった。この集団は市の中央から出発したといわれ、敵陣へ通ずる門のほうへむかっていった。門を通過するや、この大きな歓楽の騒音はかき消えた。前兆や凶兆を信ずる者の目には、これはアントニウスがつねづね似ていることを自慢し、また格別に信仰していた神、バッコスに見棄てられたという徴《しるし》であった。

『プルターク英雄伝』より

女弟子

美貌の西施《せいし》が眉《まゆ》をしかめて、気むずかしい顔をした。醜女《しこめ》の百姓女がそれをみて、感嘆のあまり呆然となった。女はその美貌の婦人の真似をしたくなった。わざわざ念入りに不機嫌な気分になって、眉をしかめて渋面をつくった。それから女は街へと出かけていった。金持は逃げ出し、邸《やしき》に鍵をかけて閉じこもり、外へ顔を出さなかった。貧しい者たちは妻子とともに荷物をまとめ、遠い地へ逃げのびた。

ハーバート・アレン・ジャイルズ『荘子』（一八八九）より

九人目の奴隷《どれい》

シルバンつまりアルバニアの王子イブラヒムは、皇帝の王座の足台に接吻《せっぷん》した。彼の和睦の貢ぎ物である絹や馬や宝石は、タタール人のしきたりにしたがって、それぞれ九つずつから成っていた。しかし、とある目の鋭い男が奴隷は八人しかいないことに気づいた。「わたくし自身がその九人目でございます」とイブラヒムは答えた。そう返答する用意があったのだった。そしてこの阿諛《あゆ》はティムールの微笑みによってむくわれた。

ギボン『ローマ帝国衰亡史』第六十五章

勝利者

いっぷう変わった憐憫《れんびん》の情がヒミルコンには事実あった。シチリアで数々の大勝利をおさめながらも、彼は病の犠牲となった数多い兵士の死を悼むあまり、カルタゴにはいっていったとき、意気揚々と凱旋《がいせん》するのではなく、喪服をまとっていた。つまりゆるやかな巡礼者のマント——奴隷《どれい》の衣——をまとっていた。そして家に着くや、誰にも一言もいわずに自害した。

サアベドラ・ファハルド『政治的キリスト教君主の理念』第九十六章（一六四〇）

危険な奇跡行者

モルモン教を信奉しないある牧師が、預言者ジョゼフ・スミスのもとを訪れ、奇跡を行なってみせてほしいといった。スミスはこう答えた。

「よろしい、神父。選択はそちらに任せよう。盲《めくら》になるのと唖《おし》になるのと、どちらがよいかね？　中風になりたいかね、それとも手がしなびるほうがよいかな？　いいたまえ。イエス・キリストの名のもとに、そなたの望みをかなえてやろう」

牧師はしどろもどろに、そんな類いの奇跡を頼んだわけではないといった。

「そういうことなら、神父」とスミスはいった。「あなたに奇跡をほどこすわけにはいかない。たんにあなたを納得させるために、ほかの人々を傷つけたくはないからね」

M・R・ワーナー『ブリガム・ヤング』（一九二五）

城

こうして彼が大きな城の前にやってくると、その正面にはこういう文句が刻まれていた。わたしは誰のものでもなく、誰のものでもある。はいる前に、おまえはすでにここにいた。ここを去るとき、おまえはここに残るであろう。

ディドロ『宿命論者ジャック』(一七七三)より

像

サイスにある女神の像には、つぎのような謎《なぞ》の碑文が刻まれている。わたしはかつてあった一切であり、いまある一切であり、将来ある一切である。そして死すべき運命にある者は誰ひとり（このいまにいたるまで）わたしのベールを剝《は》いでいない。

プルターク『イシスとオシリスについて』論考第九章より

警告

カナリア諸島に巨大な騎兵の青銅像が立っていて、これが剣で西方を指していた。台座にはつぎの文句が刻まれていた。引き返せ。わしの背後には何もない。

R・F・バートン『千夜一夜物語』二巻百四十一

ビリェナの技量

イニエスタの王の死からわずか数年後、錬金術師や、その他光明会派やら詐欺師やらが王の名を僭称《せんしょう》しはじめ、さまざまの外典を捏造《ねつぞう》して、それを王の著作だとか、王の名高い蔵書のなかで発見したとか称した。こうした著作のひとつに『宝物の書』もしくは『鍵の書』といわれるものがあり、これはさらに脚色が加えられて、賢王アルフォンソをしのんで書かれたものだとされた。しかしここでもっと奇妙で重大なのは、《コルドバの二十人の賢者》がドン・エンリク・ド・ビリェナ宛に送ったといわれる書簡である。この驚くべき記録のなかでビリェナが有するとされているのは、数ある驚異の能力のなかでもとりわけ、《ヘリオトロピア》石によって太陽を赤くし、《オヘロニテス》によって未来を予知し、《アンドロメナ》草の助けをかりて姿を見えなくし、《バクシヨ・ド・アランブル》を用いて雨と稲妻を思うがままに操り、《イエロピア》草を使って空気を球体状に凍らせる技量である。弟子たちに答えてドン・エンリクが語る寓意的夢物語によると、諸学の万能の師ヘルメス・トリスメギストゥスが孔雀《くじやく》の背にまたがって彼のもとへ現われ、一本の羽根と幾何学模様の一枚の表と魅惑の王宮の鍵、そして最後に四個の鍵の弧を授ける。そのなかに大いなる錬金術の秘密が閉じ込められている。

メネンデス・イ・ペラヨ『カスティリア抒情詩選集』

指し手の影 I

『マビノギオン』の一連の物語のひとつで、ふたりの敵同士の王がチェスをしており、同じときに近くの村でそれぞれの軍隊が戦闘し殺し合いをしている。伝令がつぎつぎと戦闘の報告をしにやってくる。ふたりの王はそれを聞いていない様子で、銀のチェス盤にかがみ込み、金の駒を動かしている。戦闘の変動が試合の変動をたどっていることが、しだいに明らかになる。日が暮れる頃、一方の王は詰まされてしまったので盤を引っくり返す。ほどなく血まみれになった騎馬兵がやってきて伝える。「陛下の軍勢は敗走中であります。陛下は王国を失われました」

エドウィン・モーガン『ウェールズ＝コーンワルの週末案内』（チェスター、一九二九）

指し手の影 II

フランス軍が一八九三年にマダガスカルの首都を包囲したとき、土地の宗教をつかさどる僧たちがファノロナ〔原注＝チェスの一種〕をすることによって首都防衛に参与し、女王と民衆たちはこの試合の運びにしたがって行動した。勝利をもたらすために儀式的に演じられる試合だったので、実際に軍隊のほうに熱を入れる以上の関心ぶりだった。

セレスティノ・パロメク『モザンビーク沿岸航海』（ポルト・アレグレ、出版年度不明）

罪深き目

こんな話がある。ある男が四千デナリイで年若い女を買った。ある日、男はつくづくと女を見つめていたが、突然ワッと泣き出した。女はどうして泣くのかと尋ねた。男は答えた。

「おまえの目が美しすぎて、わしは神を拝むのを忘れてしまうのだ」。女はひとりになると、みずから両目をえぐり取った。男はこれを見て、嘆き悲しんだ。「どうしてわが身を傷つけるようなまねをしたのだ。おまえの値打をそこねてしまったではないか」。女は答えた。「あなたを神から遠ざけるようなものはもっていたくありません」。その夜、夢のなかで自分に語りかける声を聞いた。「女はおまえにとっては値打がさがった。しかしわれらにとっては値打を増した。だからおまえから女はもらいうけたぞ」。目覚めると、男の枕の下に四千デナリイの金があった。女は息絶えていた。

アハマッド・エッチルアニ『宴の園』

預言者と小鳥と網と

イスラエルにこんな話が語り伝えられている。ある預言者が歩いていると、網の張ってあるのに出くわした。かたわらの一羽の鳥が彼に話しかけた。「神の預言者よ、わたしを捕えようとこんな網を張る実に浅はかな男がいるなんて、聞いたことがありますか？　それがちゃんと見えるというのに、このわたしを捕えようなんて」。預言者は歩み去った。帰り途《かえみち》、彼はその小鳥が網にかかっているのを見つけた。「こいつは妙だ」と彼は声をあげた。「おまえではなかったかね、ついいましがた何とかかんとかかいってたのは？」

「預言者よ」と小鳥が答えた。「定めの時刻がくると、わたしたちは目も耳もきかなくなるのです」

アハマッド・エッ・トルッチ『王たちの灯』

天空の雄鹿

『子不語《しふご》』によれば、天空の雄鹿は鉱山の地下に棲《す》む。この空想の動物たちはひたすら日の光に達することを願い、坑夫たちに地上へ出る手助けをしてほしいと哀願する。彼らは銀と金の隠れた鉱脈を教えると約束して、坑夫たちを誘惑しようとする。この第一手がうまくゆかず、獣は手に負えないものとなり、そこで坑夫たちはこれを諍《いさ》め、粘土で固めた岩の後ろの坑道に閉じこめなくてはならない。雄鹿の数のほうが多いと、坑夫たちは苦しめられて死んでしまったことがあるともいわれている。

天空の雄鹿が大気のなかへ出てくると、死と疫病のもととなる悪臭を放つ液体に変わってしまう。

ウィラビー＝ミード『中国の妖怪と鬼』（一九二八）

料理人

主人と奥方はけちなのと同じくらいに食欲盛んだった。最初に料理人が帽子を手にはいってきて、「ご主人様も奥方様も料理に満足されておられますでしょうか」といったとき、彼らは「執事のほうから申し伝える」と答えた。二度目には答えがなかった。三度目には彼らは料理人を首にしようかと考えていたのだが、並みはずれの腕前なので決心しかねていた。四度目に（ああ！　彼らは町はずれに住んでいた、彼らはつねに話相手がなかった、彼らは実に退屈していた）、四度目に彼らは話しはじめた。「ケーパーソースは最高のできだ、しかし鶉《うずら》のカナッペは少々かたい」。彼らはしゃべりつづけた。スポーツのこと、政治のこと、宗教のこと。これこそ料理人の思惑だった。というのも彼は誘惑者ファントマにほかならなかったのだ。

マックス・ジャコブ『骰子筒』（一九一七）

論客

いろんなガウチョたちが雑貨屋の店のなかで文字と音声について議論している。サンチャゴからきたアルバルラシンは読み書きができないのだが、カブレラにはそれがわかるまいと思っている。アルバルラシンは《トララ》〔原注＝マテ茶のやかんを乗せる鉄の三脚の台〕という語は書くことができないのだと主張する。クリサント・カブレラはこれまた読み書きができないのだが、口に出していえることは何でも書くことができるのだという。「みんなに一杯おごろうじゃないか」とアルバルラシンがいった。「おまえが《トララ》を書けるならな」。「よしきた」とカブレラが応じた。彼はナイフを取り出すと、その先端で何やら床の地面に書きつけた。後ろのほうから老アルバレスが身を乗り出し、地面をしげしげと見て、判決をくだした。

「なるほどなるほど、《トララ》じゃわい」

ルイス・L・アントゥニャーノ「ゴルチスの五十年」（『ブエノスアイレス地方の半世紀』オラバルリア、一九一一）

臆病者《おくびょうもの》の当惑

軍で反乱が起こった。とある重騎兵がさっと馬に飛び乗って鞍をつけようとしたが、狼狽《ろうばい》のあまり端綱《はづな》を尾につけてしまい、それで馬にむかってわめきたてた。

「畜生！　きさまの額は広くなりやがって、おまけにたてがみまで伸びちまって！」

アハマッド・エル・イベリチ『モスタトレフ』

鍵の返還

ローマ軍がエルサレムの市《まち》を占領したとき、剣によって命果てることを悟った大司教は、聖所の鍵を神に返しておきたいと願った。彼が鍵束を天にむかって投げると、神の手がそれを受けとめた。これはすでに「バルク書」で預言されていたとおりである。

『ミシュナ』第二十九章、「ターアニト」より

訓練された墓

ヒルカニアでは平民は公共の犬を育て、名士や貴族は飼い犬を育てる。周知のごとく、この地方の産の犬は最高の品種である。そしてこれらの犬はそれぞれの人間の能力相応に養育されるので、犬が死ぬと、それを人間が食べてしまうこともある。その地の住民はそれが最善の葬り方だと信じているのだ。

マルクス・トゥリウス・キケロ『トゥスクルム叢談』第一巻より

セイレーンの沈黙

不適当な、子供っぽいほどの手段が人を危険から救う助けになりうるという証明。

セイレーンたちから身を守るため、オデュッセウスは耳に蠟《ろう》をつめ、自分のからだを帆柱に縛りつけさせた。当然のことながら、かなり遠方からセイレーンたちの虜《とりこ》となってしまった者たちを別にすれば、彼以前のどんな旅人にも同じことができたはずだ。しかしそうしたことが何ら役に立たないというふうに、世のあらゆる人々は理解していた。セイレーンの歌声はいかなるものをも貫き、彼女たちに魅せられた者の願望は鎖や帆柱よりずっと強い枷《かせ》でもひきちぎってしまうのだった。しかしオデュッセウスはそんなことを考えもしなかった。もっともたぶん耳にしたことはあったろう。彼は一握りの蠟と一尋《ひろ》の鎖に絶対的な信頼をよせ、このささやかな策に無邪気にも得々となってセイレーンの棲《す》む島へと船を進めたのだった。

　ところでセイレーンたちには歌声よりもずっとずっと恐ろしい武器がある。すなわち沈黙だ。なるほどそのようなことがあったためしはないが、しかしひょっとして歌声から逃れられた者があったかもしれないと考えることはできる。けれども彼女たちの沈黙から逃れた者は皆無だ。自分自身の力で彼女たちに打ち勝ったという気持と、したがって何もかも屈服せしめてしまう意気揚々たる気分に対しては、この世のいかなる力も無傷でいることはできないだろう。

　そしてオデュッセウスが彼女たちに近づいたとき、おぞましき歌姫たちは実は歌わなかった。この敵を負かすには沈黙しかないと考えたのか、それとも蠟と鎖のことしか頭にないオデュッセウスの顔に至福の色を見て歌うのを忘れたのか。

　だがオデュッセウスには、こういってよければ、彼女たちの沈黙が聞こえなかった。彼は、彼女たちが歌っていて、自分ひとりがそれを聞かないでいると思っていた。ほんの一瞬、彼は彼女たちの喉《のど》が上下に揺れ、胸が持ち上がり、目に涙があふれ、唇が開きかけるのを見たのだが、それが彼の耳に届かずにかき消える旋律の伴奏だと信じ込んだ。ところがやがて、遠くに目を凝《こ》らした彼の視界から一切が消えた。セイレーンたちは彼の決意の前に文字通り消滅したのだ。そして彼が彼女たちにいちばん接近したその瞬間には、もはや彼女たちのことがわからなくなった。けれども彼女たちは――いつもよりさらに美しく――首筋を伸ばしたり身をよじらせたりし、冷たい髪の毛を風になびかせ、すべてを忘れて距《けづめ》を岩角に突き立てていた。もはや虜にしようとする意図はなかった。オデュッセウスの大きな両眼からふり落ちる輝きを、できるだけ長く捕えておきたいだけだった。

セイレーンたちに意識があったなら、その瞬間にも彼女たちは全滅したかもしれない。しかし彼女たちに何も変わりはなかった。ただひとつの出来事は、オデュッセウスが彼女たちから逃れたということである。

以上の話にはひとつ補足が伝えられている。オデュッセウスは狡智《こうち》にたけ、運命の女神ですら彼の腹をうかがえないほどの古狐だったという。おそらく彼は、ここのところは人知の理解を越えているが、実はセイレーンたちが沈黙しているのを知っていて、彼女たちや神々に対する一種の楯として上に述べたような芝居を打ったのかもしれない。

フランツ・カフカ（『シナの長城』ウィラ・ミューア、エドウィン・ミューア共訳、ニューヨーク、一九四八）

殴打

陰険な者たちもあった、たとえば色白のハルゲルダのごとく。三人の夫を彼女はもったが、三人が三人とも彼女のために命を落とした。最後の夫はリセンドのグンナルで、このうえなく勇敢で穏やかな男だった。あるとき彼女が卑劣なことをしたので、彼は平手打ちをくらわせた。彼女はそれを根にもった。ついに敵が彼の邸《やしき》を包囲した。扉という扉には閂《かんぬき》が掛けられた——全員がなかで静かにしていた。敵兵のひとりが窓の隙間によじ登り、グンナルはそれを槍で突き刺した。「グンナルは家におるか?」包囲する敵兵たちが尋ねた。「わからん——しかしやつの槍にやられた」と傷ついた男は答え、その最後の洒落《しゃれ》をいいのこして息絶えた。長いことグンナルは矢を放って敵をよせつけなかったが、とうとう敵のひとりが彼の弓の弦《つる》を切った。「おまえの髪を撚《よ》って弦にしてくれ」と彼は妻のハルゲルダにいった。彼女の髪はとても長くて美しかったのだ。「あなたの生死の問題ですの？」彼女は尋ねた。「そうだ」と彼はいった。「それならあたくし、あなたにぶたれたことを覚えていますの。だからあなたの死ぬのを見とどけることにしますわ」。かくて圧倒的な数に敗れたグンナルは息絶え、そして愛犬サムルも敵をひとり殪《たお》したあとで殺されてしまった。

アンドルー・ラング『小論集』（一八九一）より

絨毯《じゅうたん》の下絵

その一節を読み返し、考え直していると、わたしはヘンリー・ジェイムズの『絨毯の下絵』という物語を思い出した。数多くの作品を書いた作家があり、自分のすべての物語がひとつのテーマの変奏であることを見抜けない崇拝者がいるのを知っておおいに驚くという話だ。彼の全作品には、東洋の絨毯の下絵のように、ひとつの共通する下絵が一貫してあるというわけである。わたしの記憶では、この小説家は下絵の性格を明かさないままに急死する。ジェイムズは実に巧妙に物語を結んでいて、残されたその忠実な崇拝者が生涯をかけて、書棚いっぱいの作品にひそむこのひとつの意匠《デザイン》の秘密を解明すべく努力することになる。

アーサー・マッケン『ロンドンの冒険』（一九二四）より

ふたりの王とふたつの迷宮の物語

信頼に足る者たちの語るところによれば（もっともアッラーはもっと多くを存じたもうのだが）、昔、バビロニアの島々の王が国中の建築師と魔術師を集め、いかなる賢者でもあえて足を踏み入れず、いったんなかへはいった者はかならず迷ってしまうような、入り組んで緻密《ちみつ》な迷宮を建てることを命じた。この業《わざ》は物議をかもした――というのも混乱と驚異とは神にのみふさわしく、人間にはふさわしからぬ業だからだ。時がたち、アラビア人の王がこの宮廷を訪れると、バビロニアの王は（この賓客《ひんきゃく》の純朴さをからかおうとして）彼を迷宮のなかへはいりこませてしまった。屈辱《くつじょく》と狼狽《ろうばい》のうちに彼がさまよっていると、ついに日が暮れた。彼は神の助けを請い、そして入口にたどりついた。彼の唇からは一言の苦情ももれなかったが、彼はバビロニアの王に対して、自分はアラビアにこれにもまさる迷宮を所有している、もし神が望まれるのであれば、いつの日かそれをお見せしようといった。それから彼は指揮官や領主たちをしたがえてアラビアへ帰った。やがて彼が戻ってきて、バビロニアの王国を徹底的に荒らしまわったので、要塞《ようさい》はことごとく破壊され、国民はちりぢりばらばらになり、王自身も捕虜となった。アラビア人の王は彼を足の速い駱駝《らくだ》の背にゆわえつけ、そしてこういった。

「おお、時と実体と世紀の数との王よ！　バビロンでそなたは、階段や扉や壁がたくさんある青銅の迷宮のなかでわしを迷わせようとなすった。今度は全能の神のご慈悲のおかげで、わしがわが迷宮をお見せすることになった。登る階段もなく、押し開ける扉もなく、さまよい歩いてへとへとになる回廊もなく、行く手をさえぎる壁もありませんぞ」

そういって彼はバビロニアの王の縄を解き、砂漠の真中に置き去りにした。王は飢えと渇きで死んでしまった。不死なる神に栄光あれ！

R・F・バートン『ミディアンの地再訪』より

告白

一二三二年の春、アヴィニョンの近くで、騎士ゴントラン・ドルヴィユは憎しみをかっていた領主ジェフロワ伯に反逆をはたらいて殺害した。これで恥辱を晴らせたと、彼はすぐさま告白した。妻が自分を欺《あざむ》いて伯爵と通じていたというのだ。斬首刑《ざんしゅけい》が宣告され、処刑の十分前、彼は地下牢で妻との面会を許された。「どうして嘘《うそ》をいったのです？」ギセル・ドルヴィユは尋ねた。「なぜわたしの名誉をけがしたのです？」

「おれが弱い男だからさ」と夫は答えた。「これなら首を撥《は》ねられるだけだ。やつが圧制者だから殺したなどと告白したら、まずいちばんに拷問にかけられたろうよ」

マニュエル・ペイルー

もうひとつのファウスト

その当時、ポデスタ一座はブエノスアイレス地方を巡業して、ガウチョを扱ったいろいろの芝居を演じていた。ほとんどどの町でも最初の出し物は『フワン・モレイラ』だったが、サン・ニコラスの町にやってきたとき、一座の者たちは『オルミガ・ネグラ』(『黒蟻《くろあり》』)を演ずるほうがよいだろうと考えた。思い出すまでもあるまいが、黒蟻なる人物は若い頃このあたりで名うての詐欺師だった。

上演の前夜、かなり年を取って、どう見ても乞食《こじき》の身なりをした小男が巡業小屋に姿を現わした。「人の噂《うわさ》では」と彼は切り出した。「おまえさんたちのひとりが日曜にみんなの前に登場して、自分は黒蟻だとしゃべるそうだ。いっておくが、誰も騙《だま》されはしませんぜ。なぜってこのわしが黒蟻で、みんながわしを知っているからね」

ポデスタ兄弟は彼ら独得の敬意を払ってこの男をもてなし、問題の芝居が黒蟻の伝説像に対してこのうえなく独創的で理想的な尊敬を払った作であることを理解させようと努めた。ホテルから何杯ものジンを盆にのせて運ばせたにもかかわらず、骨折りはまるきりむだだった。男は頑として決心を変えず、いままで自分に然《しか》るべき尊敬を払わなかった者はひとりもいないと断言し、もし自分は黒蟻だなどと称して舞台にあがる者がいたら、老いぼれているとはいえその者を殺してやるというのだ。

本心がありありとうかがわれた。日曜の予告の時刻、ポデスタ一座は『フワン・モレイラ』を演じていた……

フラ・ディアボロ「わが国の演劇の起源に関する批評的瞥見」『素顔と仮面』（一九一一）

宝物

兄は怒ったように、反響する壁をふたたび槌でたたいた。もう一度たたくと、地下の雷鳴のような音がとどろいた。にわかに壁に細い縞模様のひび割れができて、それからまるで槌が要石《かなめいし》を打ちつけたかのように、大小さまざまの壁石がくずれ落ち、真暗でほこりだらけの穴がぽっかりと目の前に開いた。ぼくらがまず気づいたのは暗がりのなかの影のようなもの、闇《やみ》のなかのいっそう黒ずんだ部分だった。夢中になって兄は穴を大きく広げはじめ、そしてランプをかかげた。ぼくらが彼の姿を見たのはそのときだ。直立不動の堂々たる姿だった。一瞬、彼のぜいたくなつづれ織りの法衣、きらきら光る宝石、金色の十字架のまわりに一塊りになった骨、高い司教冠を支える彼のかさかさに乾いた頭蓋骨《ずがいこつ》が見えた。兄が近づける明かりに照らされて彼はさらに大きくなっていき、それから、まばゆい光を放ち、音もたてず、司教のほこりまみれの姿はぐらっとくずれ落ちた。骨はすでに塵《ちり》と化し、司教冠も大外衣も塵となっていた。ずっしり重く、不吉で、永遠の宝石はぼくらのものとなった。

いまのところこういっておけば充分だ。つまりこの掘出物《ほりだしもの》――これをぼくらはこつこつ売りさばいたし、またよく売れた――のなかにはさまざまな司教の指輪、うっとりするほど宝石のちりばめられた顕示台が八つ、重い聖体器が数個、十字架像、それに古代の硬貨や大きな黄金のメダルがぎっしりつまった後期インカ帝国時代の皮の箱がひとつあったのだ。

のちに、ぼく自身なぜかわからないのだが、ぼくらは慌しく別れてしまった。兄の行動の後日談を知ったのは、ついこのあいだ兄がそっけなく退屈しのぎに話してくれたからだ。兄はまず最初は充分慎重に、自分の取り分の金を倹約した。すると自分にはそのつもりがほとんどないのに、金がふえはじめた。だんだん裕福になり、結婚し、子供が何人かでき、さらに豊かになり、絶頂に達した。それから徐々にではあるが仮借なしに財産が消えていき、そしてぼくの察するところ、以前は金をためることから得ていた楽しみもまた消え失せていった。最後には一文なしになりはてた。いまや兄はそうしたこと一切に関心がなくなったのだ。

一方ぼくは、自分の分を使うことからはじめた。いったかどうか忘れたが、ぼくは画家である——というか画家のつもりでいた。そしてぼくらがあの秘密の壁龕《へきがん》を見つけた当時、ぼくは故郷の古い市《まち》の専門学校でデッサンを習いはじめていた。それで当然ながら、ぼくは自分の才能を伸ばすために金を使った。ヨーロッパへ長旅に出て、わが師匠となるべき芸術家を熱心に捜しまわった。パリからヴェネツィアへ、ヴェネツィアからマドリッドへいった。そしてそこに十二年以上もとどまった。そこで正真正銘の師にめぐりあい、彼のもとで学び、ともに暮らしてその年月を過ごしたのだ。ぼくの腕前は上達した。こっそりと——というのも秘密が彼の流儀だった——彼は自分の芸術をぼくに伝授した。ぼくは彼の技法と実在の観念を学んだ。ぼくは彼の見る色を見、ぼくの手は彼の脈搏《みやくはく》とともに動いた。師《マエストロ》は彼の知るすべてを、たぶん知る以上のことを教えてくれた。ときどき、彼が素晴らしいやり方で伝授してくれる着想が、彼の創案したばかりの概念だと思うこともあった。にもかかわらず、いよいよある日、修業は終わりだと告げられた。悲しみつつも、ぼくは師と別れて、わが道を歩まねばならなかった。

帰ってからほんの二、三カ月たった、ある果てしなく長い夜、ぼくはひょっとして自分がすぐれた画家ではないのだという漠然とした不安を覚えはじめた。ぼくはほかの画家たちを知ってはいたが、関心をもたずにいた。ほかの絵画を見るにしても、侮蔑《ぶべつ》の眼差しで見たのだった。それがいま、不意に、落ち着かない焦燥《しょうそう》にとらわれたのだ。途方もない屈辱《くつじょく》の気持にかられ、内面の不信からますます頭が混乱してきて、ぼくは自分のキャンバスを大衆の目にさらす決心をした。これは、別れるとき師がしてはならぬといった行為だった。そういう事情のなかで、ぼくは作品を展示した。その結果、ぼくの絵画は理解しがたいといわれることになった。大多数の人たちはつまらないという受け取り方をした。ぼくは自分の作品に価値のないこと、自分がまるきり芸術家でないことをじきに悟った。むろん一度は師に手紙を書いた。それからもう一度。しかしそれきり何の返事も、何の音沙汰もなかった。

慰められぬままに、毎日毎日ぼくは子供か囚人のように家のなかを歩きまわった。果てしもなく、ぼくは広いホールや部屋を、無数の回廊をさまよった。誰か家ののが一度ぼくに、ぼくらがある晩壁に穴をあけた部屋にいってみる気はないかと尋ねた。ぼくらがたまたまある話を耳にしていったところだ。無限に広がるこの家の奥ふかくに墓の壁があって、その壁に、迷信からか何も知らずにか、誰かがそこに監禁された司教の肖像画をつるしたということだった。ぼくがヨーロッパへ出かけた直後に、その絵が見つかったというのだ。

ぼくがその絵を見にいったのは夜だったので、カンテラを使わなくてはならなかった。ごつごつした壁の前に注意ぶかく明かりをかかげ、大きく照らされた肖像画を見たのをいまなお覚えている。まるで失われた光景が再現されるようだった。同じ金の大外衣、同じ高い司教冠。ただ、肖像画のなかではすべてが皮肉にも、いっそう現実味を帯びてぼくを打った。そのときぼくは思い出すことのできない何かを、知ったことのない何かを見ていた。それから、しかもその瞬間までわからなかったのだが、ぼくは司教がわが師の顔をしていることを、司教がわが師であることを発見した。

マルセル・タマヨ（ブエノスアイレス、一九五三年七月）

より大きな責苦

悪魔たちが教えてくれたことによると、感傷的な者と学者ぶる者のための地獄がある。彼らは果てしなく広い王宮に投げ置かれ、そこは混んでいるどころかがらんとして、しかも窓ひとつない。地獄に落とされた者たちは何かを捜し求めるかのように歩きまわるが、案の定、やがて彼らはより大きな責苦は神の幻視に参加しないことにあるとか、精神の苦しみは肉体の苦しみよりひどいとか、しゃべりはじめる。すると悪魔たちが彼らを火の海のなかへ放り込む。そこからは何びとも彼らを救えない。

偽スウェーデンボリー『夢』（一八七三）

神学

お気づきのように、わたしは旅の経験が豊かである。このことからいえば、旅はつねに多かれ少なかれ幻影である、太陽の下に新しいものなし、すべてはまったく同一である、などといったことを保証しうるのだが、きわめて逆説的なことに、意外なものや新しいものを見つける希望を捨ててしまう理由はないということも断言しうる。実のところ、世界は無尽蔵なものなのだ。その証拠として、わたしが小アジアで出会った奇妙で驚くべき信仰を思い起こせば充分だろう。羊の皮を着て、マギの古代王国を受け継いでいる牧夫たちの国でのことだ。この地の人々は眠りを信仰している。「眠りに落ちる瞬間」と彼らはわたしにいった。「人はその日の行為によって天国か地獄かのどちらかへいく」。かりに誰かがこう反論するとしよう。「眠っている人間がどこかへいくなんてお目にかかったことはないね。わしの経験では、眠った人間はそこに横になったきりだ、起こされるまではね」。すると彼らはこう言い返す。「頑として何ごとも信じないから、自分の夜のことまで忘れるようになってしまったのですよ。だって、楽しい夢や恐ろしい夢を知らないなんて人はいますか？　あなたは眠りと死を混同しているのですよ。夢見る者にとってもうひとつの生があるという事実は、誰しもが証言するところです。死人の証拠はまるで別です。死人はその場を動かず、塵《ちり》となるのです」

H・ガルロ『世界めぐり』（オロロン＝サント＝マリー、一九一八）

磁石

《自由意志》は幻想であり、《宿命》は逃れられないという話をして、彼（ワイルド）はこんな喩《たと》え話《ばなし》を即興につくった。

「昔あるところに磁石がいて、そのすぐ近所に鋼鉄の鑢《やすり》くずが住んでいた。ある日、二つ三つの鑢くずが急に磁石のところへ遊びにいきたくなって、そうしたらどんなに楽しいだろうとしゃべりだした。近くにいたほかの鑢くずたちもこの会話を耳にして、同じ気持を起こした。さらにほかの鑢くずが加わって、ついには鑢くずがみんなでこの問題を論じはじめ、彼らの漠然とした願望がだんだんひとつの衝動に変わっていった。『今日いこうじゃないか』という意見もあったが、明日まで待ったほうがいいという声もあった。そうするうちに彼らは気づかないまま、無意識に磁石のそばへと移動していた。磁石はそこにじっとして、彼らのことを気にも留めていないふうだった。そうして彼らは議論をつづけ、その間じわりじわりと隣人のもとへ近寄っていた。しゃべればしゃべるほど、衝動が高まってきて、とうとうしびれを切らした者たちは、ほかの者はどうあれ、自分たちは今日いくと宣言した。磁石のもとを訪れるのは自分たちの義務だし、とうの昔にいってみるべきだったのだという声も聞かれた。話しながら、彼らはますます近寄っていき、自分たちの動いていることに気づきもしなかった。最後には辛抱しきれない者たちの主張が勝って、ひとつの抑えきれない衝動とともに一同が叫んだ。『待ってもむだだ。今日いくんだ。いまいくんだ。直《ただ》ちにいくんだ』。それから一致団結した塊りとなって彼らはさっと動き、つぎの瞬間には四方八方から磁石にしがみついていた。すると磁石はにやりと笑った――というのも鋼鉄の鑢くずたちは自分たち自身の自由意志でその訪問をしたということに、何ら疑惑を抱いていなかったからだ」

ヘスキス・ピアソン『オスカー・ワイルド伝』（ロンドン、一九四六－五六）第十三章より

不滅の種族

その市《まち》ではすべてのものが完璧で小さかった。家、家具、道具、店、庭。わたしはどんなに洗練されたピグミー族が住んでいるのか推し測ろうとした。くぼんだ目をした少年がその答えを教えてくれた。

「仕事をするのはぼくらだよ。ぼくらの親は、独りよがりでわがままなせいもあるし、ぼくらを喜ばせたり仕事の楽しみを与えたりするつもりで、経済的に、しかも気持よく暮らすいまのやり方を決めたのさ。親が家でくつろいだり、カードに興じたり音楽を演奏したり、本を読んだり談笑したり、愛したり憎んだり（彼らは情熱的な人間なのだ）している間に、ぼくらは家を建てたり掃除をしたりして遊ぶんだ、大工仕事や取り入れや商売をして遊ぶんだ。仕事の道具はぼくらの大きさに合わせた大きさだ。ぼくらは毎日の仕事を実にてきぱきとやってのける。本当をいうと、最初はぼくらをまるきり尊敬しない動物もいたんだ、とくに飼い慣らされたやつがね、ぼくらが子供なのを知ってたからさ。でもだんだんと、こっちでいろいろ手を使ったり餌でつったりしてやると尊敬するようになった。ぼくらのする仕事はむつかしくないけど、疲れるんだ。放れ馬みたいに汗だくになることもよくある。ときどきは地べたに身を投げ出して、これ以上遊びはいやだという（そんなときに牧草とか土の小さな塊りを食べたり、敷石をなめて満足する）。でもこういう気まぐれはちょっとしかつづかない、従姉妹《いとこ》がいうには『夏の嵐くらい』しかつづかない。もちろん何から何まで親に都合がいいわけじゃない。親にもいろいろ厄介なことがある。戸や部屋そのものが小さいから、からだを二つ折りにして、しゃがみこむみたいにして家にはいらなくちゃならない。《ちっちゃい》って言葉をしょっちゅう口にする。口にはいる食べ物の量は、大食らいのぼくの伯母さんたちにいわせれば、まったく微々たるものだ。水を飲むカップやグラスは喉《のど》をうるおすに充分ではないし、たぶんそのためらしいが、最近バケツや金物類の盗みがひんぴんと起こる。服はきちきちだ。ぼくらのミシンは大きな服をこしらえるには充分じゃないし、これからだってそうさ。おとなはたいてい、自分用のベッドをひとつ以上もっていなければ、からだを二つ折りにして眠る。毛布を何枚も重ねて、その下に隠れでもしなければ、夜は寒くてぶるぶるふるえる。毛布は、ぼくの哀れな父親にいわせると、むしろハンカチだ。いま、抗議の的となっているのは、誰もお義理にすら試食しないウェディング・ケーキ、ほんの小さな禿《はげ》も隠さない鬘《かつら》、剝製《はくせい》の蜂鳥《はちどり》にしか使えない鳥籠だ。どうやら陰にこもった不満を表わすためらしいが、そういう抗議を唱える連中は、ぼくらの儀式や芝居や映画にはほとんど決まって姿を現わさない。念のためにいっておけば、彼らは劇場の椅子にしっくりおさまらないし、公の場で床に坐るなど彼らにとって言語道断なのだ。とはいっても、中恰好の人たち、良心のとがめなき人たち（これは日ごとに多くなっている）は、ぼくらの席に、ぼくらの後ろに陣取る。ぼくらは信頼しているものの、ぼんやりはしていない。でも詐欺師たちを根こそぎにするにはずいぶん長いことかかった。おとなが小さいとき、とても小さいとき、彼らはぼくらにそっくりだ。つまり疲れたときのぼくらそっくりだ。顔にはしわが走り、目の下は腫《は》れぼったく、いろんな言語をまぜこぜにして曖昧《あいまい》な話し方をする。ある日、ぼくはこの手合いに騙《だま》されたことがある。思い出したくはない。ぼくらはいまではこの種の詐欺師を楽に見抜くことができる。こういう男には警戒して、ぼくらのまわりから追放しようとする。ぼくらは幸せだ。幸せなんだと思う。

「むろんぼくらもいろいろ心配事に悩まされている。たとえば人がおとなになったとき、ふつうの大きさに、つまりおとなを特徴づける不釣合な、度を越した大きさにならないのはぼくらのせいだという噂《うわさ》が流れている。なかには十歳の子供の背丈でとまる人もいるし、もっと運のいい人たちは七歳の身長だ。こういう人たちは子供になろうとつとめるのだけれど、たんに二、三インチ足りないだけで誰しも子供になれるとはかぎらないことが理解できないのだ。それにひきかえぼくらは、統計によると現にどんどん小さくなりつつあるが、虚弱になりもせず、いまのぼくらでなくなるのでもなく、誰かを騙すつもりもぜんぜんない。

「こういうわけでぼくらは面目躍如といったところだけれど、それがまた悩みの種にもなる。もうすでに弟なんかは大工道具が重すぎるといっている。女友達は刺繍《ししゅう》針《ばり》が刀みたいに大きくなったようだという。ぼく自身、手斧を使うのがかなりたいへんだ。

「親たちがぼくらに許してきた役割を奪うかもしれないということについては、ぼくらはたいして心配していない。断じてそんなことはさせないし、彼らに譲り渡す前にミシンをたたき壊し、発電所や配水管設備をめちゃめちゃにしてしまう。しかしぼくらが気がかりなのは子孫のこと、種族の将来のことだ。

「それでも、時のたつうちにぼくらが小さくなっていくにつれ、ぼくらの世界観がもっと和気あいあいとした、もっと人間的なものになるだろうと断言する者もいる」

シルビナ・オカンポ

死神の顔

ペルシアの年若い庭師が皇子にいった。

「わたしをお救いください！　今朝、死神に出会いました。わたしにいかめしい顔をしたのです。今夜、わたしは何としてもイスパハンにいきたいのです」

慈愛ぶかい皇子は彼に馬を数頭貸してやる。その日の午後、皇子は死神に会い、そこで尋ねる。

「どうして今朝、わたしの庭師にいかめしい顔をしてみせたのかね？」

「いかめしい顔だなんて、とんでもない」と答えが返ってくる。「驚いた顔をしたのですよ。なにせ今朝、イスパハンからずいぶん離れたところであの男に会ったものので。わしは今夜イスパハンであの男の命をもらうことになっていましてな」

ジャン・コクトー『グラン・テカール』

信仰と半信仰と無信仰と

昔、巡礼中の三人の男がいた。ひとりは牧師、ひとりは有徳の人、三人目は斧《おの》をもつ老いた追いはぎだった。

途中、牧師が信仰の根拠について話をした。

「われわれの信仰の証拠は自然の業《わざ》のなかにあるのだ」といって、彼は胸をたたいた。

「なるほど」有徳の人がいった。

「孔雀《くじやく》は弱々しい声をしておる」と牧師がいった。「われわれの書物につねに書かれてきたとおりだ。心強いことではないか！」彼は泣いているみたいな声で叫んだ。

「励ましになるではないか！」

「わたしはそんな証拠は要らん」と有徳の人がいった。

「それではきみは筋《すじ》の通った信仰をもっておらんのだ」と牧師がいった。

「正しきことは偉大なのだ、勝利を収めるのだ！」有徳の人は叫んだ。「わたしの魂には忠節がある。いいかね、オーディンの魂には忠節がある」

「それは言葉の綾《あや》にすぎん」と牧師が反駁《はんばく》した。「そんなたわごとをいくらいっても孔雀には何のためにもならんわい」

ちょうどそのとき通りかかった田舎の農場に孔雀が一羽、横木にとまっていたが、それが口を開けると、ナイチンゲールの声で鳴き出した。

「はてはて、これはどういうことかね？」有徳の人がいった。「しかしこれくらいでわしは驚かんがね。真理は偉大なのだ、勝利を収めるのだ！」

「あの孔雀めが、悪魔と消え失せろ！」牧師はいった。そして一、二マイルばかり意気消沈していた。

ところがやがてとある神殿へくると、ひとりの行者《ファキア》が奇跡を行なっていた。

「ああ」と牧師がいった。「これこそ信仰の真の根拠だわい。孔雀は補充証拠にすぎなかった。これこそわれわれの信心の基盤だ」。そして彼は胸をぽんとたたき、疝痛《せんつう》に襲われたみたいにうめき声を発した。

「だがわしには」と有徳の人がいった。「これは孔雀同様に要領を得ておらん。わしが信ずるのは、正しきことが偉大であり、かならず勝利を収めるはずだからだ。この行者《ファキア》がこの世の終わりまでまやかし手品をつづけたところで、わしのようなものにはこけ威《おど》しにもなりはしない」

これを耳にして行者《ファキア》は憤慨のあまり片手をふるわせた。すると見よ！　奇跡の真最中に袖口からカードがばらばら落ちてしまった。

「はてはて、これはどういうことかね？」と有徳の人はいった。「しかしこれくらいでわしは驚かんがね」

「行者《ファキア》めが、悪魔と消え失せろ！」牧師はいった。「こんな巡礼の旅をつづけてもまったく何のためにもならんわい」

「元気を出すんだ」と有徳の人が声をあげた。「正しきことは偉大なのだ、勝利を収めるのだ！」

「本当に勝利を収めるものかね？」牧師がいった。

「誓ってそのとおり」と有徳の人はいった。

それで一方は気を取りなおして歩き出した。

最後にとある男が駈けつけてきて、一切が失われたと彼らに告げた。闇《やみ》の軍勢が天の館を包囲し、オーディンの命はいまにも危く、悪が凱歌《がいか》を奏するところだという。

「はなはだしい思い違いをしておった」と有徳の人が叫んだ。

「いまやすべてが失われたのだ」と牧師がいった。

「悪魔のやつと和解するには遅すぎるだろうか」と有徳の人がいった。

「ああ、見込みはあるまい」と牧師がいった。

「だがともかくそうしてみるほかはない。それにしてもきみは斧をもって何をする気かね?」彼は追いはぎにいった。

「おれはオーディンといっしょに死ぬつもりさ」と追いはぎがいった。

R・L・スティーヴンソン

奇跡

あるヨガ行者が川を渡ろうとしたが、渡し守に払う金がなかったので、みずから歩いて渡った。これを聞いた別のヨガ行者は、この奇跡は渡し船で渡るのにかかった端金《はしたがね》にしか値いしないといった。

W・サマセット・モーム『作家の日記』（ロンドン、一九四九－五一）

ふたりの永遠共存者

周知のように、父なる神は子なる神に先立つものではない。

子が創造されたとき、父が子に尋ねた。

「どのようにしてわしがおまえの創造に取り組んだかわかるか?」

子は答えた。

「わたしを真似ることによってです」


ヨハネス・カンブレンシス『論難』(一七〇九)

社交の上首尾

召使いがわたしの外套《がいとう》と帽子を差し出した。わたしは自己満足にほてる思いで夜のなかへと歩き出した。「愉快な晩だった」とわたしは思った。「この上なくいい人たちだ。財政とか哲学とかの話に聞きほれてくれた。豚の鳴き声を真似たときなど腹をかかえて笑ってくれたし」

ところがまもなく、「ふん、身の毛がよだつ」とわたしはつぶやいた。「死んだほうがましだ」

ローガン・ピアソール・スミス『トリヴィア』（一九一八）

汽車

汽車はいつもの日と同じように午後遅く、夕暮れ時に走っていた。けれども定刻よりは遅れていて、まるであたりの風景に仕えているようだった。

わたしは母の必要なものを買いに出かけたのだった。この時間は楽しかった。汽車の車輪の回転がなめらかですべすべしたレールを愛撫していくようだった。汽車に乗ると、わたしはいちばん昔の思い出を、人生の最初の思い出を追いかけて戯れはじめるのだった。汽車がとてものんびりなので、わたしはじきに思い出のなかに母のにおいを嗅ぎつけた。ミルクが暖められ、アルコールが燃えている。こうして最初の停車駅、アエドへ着く。つぎに思い出すのは子供の頃の遊びだった。思春期へとはいっていくと、ラモス・メヒアの町が目の前に現われた。薄暗いロマンチックな通りがあって、恋の告白を待っている女の子がいた。アンダルシアふうの彼女の家の中庭《パティオ》に何度か彼女の両親を訪れたあと、わたしはそこで結婚した。わたしたちが町の教会から出てくると、ベルの音が聞こえた。汽車が動きはじめたのだ。わたしは別れを告げ、そして足が速いので汽車に追いつくことができた。まもなくシウダデラにきていて、わたしはたぶん記憶のなかによみがえることのない過去へと掘りすすんでいこうとした。

わたしの友人である駅長が何やらいい知らせをもってやってきた。妻がそういう趣旨の電報を打ってよこしたのだ。暖められたミルクやアルコールの思い出よりも前からの、何か幼稚な恐れをわたしはつかまえようとした（確かにそのような恐れを体験したことがあったのだ）。このとき汽車はリニエルスに着いた。鉄道会社が提供する現在に満ち満ちたその駅で、妻がわたしに追いついて、手づくりの服を着せた双子《ふたご》の子供たちを連れてきた。わたしたちは汽車を降り、リニエルスの町の自慢の種のはなやかに飾りたてた店にはいり、子供たちにしごく上品な店の服を着せ、きれいな学校用の道具入れや本も買ってやった。わたしたちはすぐに、ずっと乗ってきたのと同じ汽車を見つけた。別の汽車がミルク・コンテナの荷降ろしをするので、長いこと停車していたのだ。けれども妻はひとりでリニエルスに残った。わたしは汽車に乗り、子供たちの姿をほのぼのとする思いで眺めた。上品で元気があり、フットボールの話をしたり、子供なりに自分たちが考え出したつもりの洒落《しゃれ》を言い合っていた。ところがフロレスで思いがけないことが待ち受けていた。列車の衝突と踏切事故による遅れである。その間に、わたしと知り合いのリニエルスの駅長がフロレスの駅長と電信で連絡を取っていた。わたしにとって悪い知らせをもってきた。妻が死んで、葬儀の一同がフロレスで立往生の汽車に追いつこうとしているという。わたしは悲痛の思いで汽車を降り、子供たちに何といってよいやらわからなかった。というのも子供たちは一足先に、学校のあるカバリトへいかせておいたのだ。

数人の親類や親友の助けを借りて、妻の亡骸《なきがら》はフロレスの墓地に埋葬した。粗末な鉄の十字架が彼女の名を記し、彼女の目に見えない拘留の場所を示している。フロレスの町に戻ると、わたしたちの実に楽しい、そして実に悲しい出来事に付き添ってきた汽車がまだ停車していた。エル・オンセで親族に別れを告げ、母をなくした子供たちといまは亡き妻のことに思いを馳せつつ、わたしは勤め先の保険会社へ夢遊病者のように歩いた。ところがその場所が見つからなかった。
そのあたりで家を知っているいちばん古手の人たちに尋ねてみると、「保険会社」の建物はとうの昔に取《と》り毀《こわ》されているのがわかった。その場所には二十五階建のビルが建っていた。それは内閣の建物で、無保険状態に支配され、仕事から制令にいたる一切を不安定がむしばんでいるというのだ。エレベーターに乗って、二十五階に着くやいなや、わたしはいちばん近くの窓へと狂ったように突進し、そこから身を投げて通りへ墜落した。わたしの落ちたのは一本の豊かな木の葉っぱのなかで、枝やら葉やらがふわふわするいちじくの木みたいだった。ばらばらに飛び散ろうとするわたしの肉体が、思い出のなかに散っていった。思い出の束は、わたしのからだといっしょに、母のもとへ送り届けられた。「何のためにお遣いに出したのか、覚えてなかったのね」といって、彼女はおどけてわたしを叱るふりをした。「小鳥みたいな記憶力ですもの」

サンチャゴ・ダボベ（一九四六）

物語

王はクシオスを完全に別な国に連れ去れと命じた（「余《よ》は汝を死に処するが、しかしクシオスとして死ぬのであって、汝として死ぬのではないぞ！」）。彼は名前を変えられ、顔立ちの特徴も巧みに削り取られることになった。その新しい国の人々は彼に新しい過去をつくり、新しい家族を用意し、彼自身の才能とは似ても似つかない才能を準備しておくことになった。

たまたま彼が昔の生活の何かを思い出すと、彼らはそれを打ち消して、彼が狂っているとか何とかいいきかせるのだった……

彼のために家族が用意されていて、妻も子供たちも彼の妻であり子であるといった。

ようするに、一切が一切、皆が皆、彼におまえはおまえではない人間だと告げるのだった。

ポール・ヴァレリー『未完の物語』（一九五〇）

罰せられた挑発

モハレイドが語るには、ノアは地面にながながとねそべっている獅子《しし》のそばを通りかかり、ゆきずりに足蹴りをくらわせた。このとき自分のほうが怪我をして、その夜は一晩中眠れなかった。「神よ」と彼は泣き叫んだ。「あなたさまの犬がわたしを傷つけましたぞ！」神は彼につぎのような啓示を授けた。「神は不正を咎《とが》める。先に手を出したのはおまえではないか」

アハマッド・エル・カリュビ『ナナディール』

おそらくは幻惑的な

仮面の男は階段を登っていた。彼の足音が夜の闇《やみ》にこだました。チク、タク、チク、タク、タク。

アグウィル・アセベド『幻影』（一九二七）

遍在者 I

ストラヴァスティの市《まち》を離れるとすぐに、仏陀《ぶつだ》は広大な平原を越えねばならなかった。それぞれさまざまな天から、神々がパラソルを投げて、仏陀を太陽の陽差しから守ろうとした。この善意の神々を怒らせたり軽んじたりしてはならないと、仏陀はわざわざわが身の数をふやした。かくて各々の神は自分の差し出したパラソルをさして歩く仏陀を見た。

モーリッツ・ヴィンテルニッツ『インド文献史』（一九二〇）

遍在者　Ⅱ

サー・ウィリアム・ジョーンズの伝える物語によると、とあるしょぼくれたヒンドゥーの神が、独身の身に弱りはて、もうひとりの神の一万四千五百十六人の妻をひとり貸してもらえないかと頼みこんだ。夫は承諾し、こういった。「ふさがっていないのがいたら連れていってくれ」。必要に迫られている神は一万四千五百十六の宮殿をひとつひとつ訪ね歩いた。どの宮殿へいっても、そこの妻は夫といっしょだった。

この神は自身の姿を一万四千五百十六倍にふやしたのだった。そしてどの妻も彼の寵愛《ちょうあい》は自分ひとりだけが受けていると思い込んでいた。

シモン・ペレイラ、イエズス会士『ガンジス川の川床の四十年』(ゴア、一八八七)

手ぬかり

話はこうだ。

律法学者《ラビ》エリメレクが弟子たちと夕食をとっていた。召使いがスープのはいった皿を運んできた。律法学者《ラビ》はそれを引っくり返し、スープがテーブルの上にこぼれた。リマノフの律法学者《ラビ》にもうじきなるはずのメンデル青年が叫んだ。

「先生、何をなさるのです？　わたしたちみんなが牢につながれてしまいますよ」

ほかの弟子たちは笑い顔になった。おおっぴらに声をあげて笑いたかったものの、師がその場にいるのでそれを慎しんだ。ところが師は笑い顔を見せなかった。彼はそのとおりだというように頷《うなず》き、メンデルにいった。

「息子よ、恐れることはない」

あとになってわかったのだが、ちょうどその日、国中のユダヤ人すべてを弾劾《だんがい》する布告が皇帝の署名を受けるべく提出されていた。皇帝は何度かペンをとったのだが、何かしらかならず差し障りがあった。やっと皇帝は署名した。インクを乾かそうと砂箱に手をのばしたが、間違ってインク壺《つぼ》を取り上げ、布告書にインクをこぼしてしまった。そこで彼は布告書を破り棄てた——そして二度とそのようなものをもってくるなと命じた。

マルティン・ブーバー

白蓮の宗派

昔、白蓮の宗派に属する男がいた。そして多くの者たちがその秘法をわがものにしようと、彼を師と仰いだ。

ある日、この妖術師が出かける支度をした。彼は玄関に鉢《はち》を置き、それに別の鉢をかぶせ、弟子たちに見張っているようにと命じた。かぶせた鉢を取ったり、なかを覗いたりしてはならないというのだ。

彼がいなくなるとすぐに、弟子たちが上の鉢を取ってみると、下の鉢にはきれいな水がはいっていて、帆柱や帆のある小さな藁《わら》の舟が浮かんでいた。驚いた彼らは、その舟を指でちょいと突ついた。舟は転覆した。彼らは素早くそれをもとどおりにして、上の鉢をかぶせておいた。

その途端に妖術師が現われ、そしていった。

「どうしてわしのいうことに背《そむ》いたのだ？」

弟子たちは立ちあがって、そんなことはないといった。妖術師はいいはなった。

「わしの船が黄河で沈没したのだぞ。よくもわしを欺《あざむ》けるものだ」

ある午後、彼は中庭の隅に小さなろうそくをともした。弟子たちにそれを風から守るようにといった。二晩目の寝ずの番がすぎても、妖術師は帰ってこなかった。疲れに眠気が催して、弟子たちは横になると、まどろみはじめた。翌日、目が覚めると、ろうそくが消えていた。彼らはまた火をともしておいた。

たちまち妖術師が姿を見せていった。

「なぜわしのいうことに背いたのだ？」

弟子たちは否定した。

「本当です、眠ったりはしません。ろうそくが消えたりするものですか」

妖術師がいった。

「わしはチベットの砂漠のなかを十五哩《り》も迷って歩いたのだぞ。それでもおまえたちはわしを欺こうというのか」

今度ばかりは弟子たちは慄然とした。

リヒャルト・ヴィルヘルム『中国の民話』（一九二四）

書物による防御

江陵《こうりょう》の学者、呉は、かつて妖術師の張智伸を侮辱《ぶじょく》したことがあった。張が恨みを晴らすつもりでいるにちがいないと思って、呉は毎晩遅くまで起きていて、ランプの明かりで『易経《えききょう》』を読んでいた。突然、邸《やしき》のまわりで一陣の風の吹く音が聞こえ、ひとりの武士が廊下に現われて呉を槍で刺そうとした。呉はこれを読んでいた本でなぐり倒した。かがみ込んでこの男を見ようとすると、それは紙を切ってつくった人形にすぎなかった。呉はそれを本の間にはさんだ。そのすぐあと、ふたりの小さな悪霊が、真黒な顔をして斧《おの》をふりまわしながら部屋に侵入してきた。呉が本でなぐり倒すと、これまた紙の人形だった。呉は同じように始末した。真夜中、さめざめと涙を流して泣く女が戸をたたいた。

「わたしは張の妻です」と彼女はいった。「夫とふたりの息子があなたを襲いにやってきましたが、それをあなたは本のなかへはさんでしまいました。どうかみんなを放してやってください」

「あなたの夫も息子もわたしの本のなかにはおらん」と呉は答えた。「あるのはこんな紙の人形だけだ」

「彼らの魂がその人形のなかにあるのです」と女はいった。「もし夜明けまでに家へ帰らないと、家にある三人の亡骸《なきがら》は生き返ることができません」

「忌《い》ま忌《い》ましい妖術使いどもめが！」呉が声をはりあげた。「彼らに慈悲をほどこせというのか？　自由にしてやるつもりはないわい。おまえさんが可哀想だから、息子をひとりだけ返してやろう。だがそれ以上はだめだ」

呉は顔の真黒な人形をひとつ彼女に渡した。

翌日、呉は妖術師と長男が前の晩に死んだということを聞いた。

G・ウィラビー＝ミード『中国の妖怪と鬼』（一九二八）

出会い

ローマに対する憎しみのもとで育てられ、ローマを壊滅すべく教育されたので、ハンニバルとハスドルバルの兄弟は、一方は南から、他方は北から、イタリアに侵入した。兄弟は十一年間顔を合わせなかった。ふたりは勝利の日にローマで出会う計画だった。しかし執政官ガイウス・クラウディウス・ネロはメタウルス川の堤でハスドルバルを破った。彼はハスドルバルの首を斬《き》って、ハンニバルの陣地へ投げ込むよう命じた。かくてハンニバルはハスドルバルが敗北したことを知った。

ルイ・プロラ『マルセーユの関税』(一八六九)

島の水

この水の奇異な性質ゆえに、われわれはそれが不潔なような気がして、飲んでみようとはしなかった。……この液体の性質を明確に伝えるとなると、わたしは困ってしまう。数多くの言葉を使わずにそうすることはできないのだ。傾斜面ではふつうの水と同じように勢いよく流れるのだが、にもかかわらず、滝となって流れ落ちるとき以外は、透明という通常の外見をみせることがけっしてなかった。……一見、とりわけほとんど傾斜のないところでは、濃度についていえば、それはふつうの水に濃いアラビアゴムを溶かしたものに酷似していた。だがこれはその並み外れた特質のなかでもいちばん目立たないものでしかない。無色ではなかったが、といって一様な色をしているのでもなかった——流れるときは、見ようによっては変化する絹の色合いのように、実に多様な紫色の影を呈した。……水瓶にこれを汲んで、すっかり沈澱《ちんでん》させておくと、この水全体がそれぞれ違った色の別々の筋《すじ》から成っていることに気付いた。それらの筋は混じり合わないのだ。……そうした筋を斜めにナイフの刃で切ってみると、水はごくふつうに、すぐさまその上にかぶさってしまい、それに、また引き抜くと、ナイフを走らせた跡はすべてたちまちに消えてしまった。ところが正確にふたつの筋の間に刃を入れると、完全な分離が生じ、すぐには元どおりに結合する力がなくなるのだった。

エドガー・アラン・ポオ『ゴードン・ピムの物語』(E・A・ポオ作品集、ニューヨーク、一九〇〇)

学問の厳密さ

……その帝国では地図作成法の技術が完璧の域に達したので、ひとつの州の地図がひとつの市《まち》の大きさとなり、帝国全体の地図はひとつの州全体の大きさを占めた。時のたつうちに、こうした厖大《ぼうだい》な地図でも不満となってきて、地図作成法の学派がこぞってつくりあげた帝国の地図は、帝国そのものと同じ大きさになり、細部ひとつひとつにいたるまで帝国と一致するにいたった。地図作成にそれほど身を入れなくなったのちの世代は、この膨張した地図が無用だと考え、不敬にも、それを太陽と冬のきびしさにさらしてしまった。西部の砂漠地帯にはこの地図の残骸が断片的に残っており、そこに動物たちや乞食《こじき》たちが住んでいる。これ以外、国中には地図作成法のいかなる痕跡《こんせき》も残されていない。

スアレス・ミランダ『周到な男たちの旅』第四書十四章（レリダ、一六五八）

ひたむきな画家

「七歳の頃から、わたしはものの形を描きたいという衝動を感じた。五十歳に近くなって、描きためた絵を発表した。しかし七十歳以前に仕上げたものには何ひとつ満足していない。やっと七十三歳になって、およそではあるが、鳥や魚や草花の真の形と本性を直観できるようになった。したがって、八十歳になったら長足の進歩をしているはずだ。九十歳では一切のものの本質を見抜くであろう。百歳になれば、さらに高い、名状しがたい状態に達するのは確かだ。もし百十歳まで生きるなら、一切が、ひとつの点から一本の線にいたるまで、生命をもつであろう。わたしと同じくらい長生きする人たちに、わたしがこの約束を果たすかどうか確認してもらいたい」

七十五歳のわたし、以前はホクサイと称し、いまはファキボ＝ロヰと称する老いた画狂人が記す。〔原注＝ホクサイは八十九歳で没した。〕

アドラー＝レフォン『日本の文学』

慰めの移り変わり

　これはすべて、古代をさかのぼることほぼ千七百年前、黄河の折れるところまで延びていた夏《か》の王国での話である。この国の人々は自分たちの信仰を誇りとしていた。もはや騙《だま》されやすい性向と訣別《けつべつ》し、海蛇《うみへび》や獅子《しし》や神々や妖魔や毒眼に対する迷信を棄《す》て、そうしたものすべてを俗で粗野なものとみなし、しかも懐疑的な唯物主義にも陥らなかったというわけだ。彼らは唯一の信条を持し、しかしその信条に関しては何びとも疑いを抱かなかった。ようするに、自分自身の頭に加えて、誰もが誇りとすべき仮想もしくは仮定の頭を所有するということを、何びとも疑わなかったのだ。念を押すが（誰か、著者のいう意味を無視するだろうか？）、仮想の頭である。さらに誰もが自分の胴体に加えて、仮想の胴体をもっているのであり、両腕、両足、その他からだのいかに小さな部分であれ同様である。とある異端者が現われるまで、誰ひとりこのことを疑わなかった。この異端者はポルトガルの年代記によれば「顔をひとつしかもたない」博学の士《o Litrado》と記録され、イエズス会の文献によれば「顔のない博学の士」である。説教の際、この男はもろもろの困難や障害にぶつかった。仮想の脚を用いる不具者も杖にすがらねばならないことを説明しようとすると、そのような衰弱した信仰の例は不名誉にも、かつ不運にもしばしば見られはするが、しかし真の信仰を否定する何の証拠にもならないと反論されるのだった。それにいずれにせよ、と彼らは（いくぶん口調を変えて）こう問うのだった。ちっとも重荷にならない信仰、しかも悲しみや落胆のときに（これはつねに予想しうる）、勇気づけ慰めてくれるような信仰をどうして棄てなくてはならないか、と。

T・M・チャン『余暇の森』（シャンハイ、一八八二）

真説サンチョ・パンサ

なんら鼻にかけてはいないものの、サンチョ・パンサは長い年月の間、夜ごと夜ごとにおびただしい数の騎士道と冒険のロマンスを読みあさり、それによってみごとにあの悪魔から身をかわした。悪魔とはのちに彼がドン・キホーテと呼んでいるのだが、彼にみごとに身をかわされたために、やみくもに気違いじみた所業をはたらいてはみるものの、サンチョ・パンサみずからが演ずる予定だった相手役がいないゆえに、誰にも危害をおよぼさなかったのだ。自由人たるサンチョ・パンサはおそらく義務感から、沈着にドン・キホーテの巡礼の旅についていき、そして命果てるまでその旅をおおいに愉快に、しかも有益に楽しんだ。

フランツ・カフカ

不眠症

男は早く床につく。眠ることができない。寝返りを打つ、至極もっとも。シーツをよじる。葉巻に火をつける。ちょっと本を読む。また明かりを消す。しかし眠くなってこない。午前三時に彼は起き上がる。隣りに住む友人を起こし、眠れないのだと打ち明ける。助言を求める。友人は散歩をして疲れてきたらいいだろうという。それからリンデン茶を一杯飲んで明かりを消すことだという。これをぜんぶやってみるが、男はなんとしても眠れない。ふたたび彼は起き上がる。今度は医者のところへいく。いつものことだが医者はたっぷり話をきかせ、それでもやはり彼は眠れない。朝六時、彼はピストルに弾をこめ、脳天をぶちぬく。死にはしたが、結局眠ることはできなかった。不眠症はまったくもってしつこい。

ビルヒリオ・ピニェーラ（一九四六）

救済

昔々、ある王国の話である。ある彫刻師が専制王のおともをして王宮の庭園を歩いていた。「異国著名人の迷宮」のはるかかなた、「斬首刑《ざんしゅけい》に処せられし哲学者たちの記念の森」のいちばんはずれに、彫刻師は最近の作品を専制王に献上したのだった。水の精を泉に仕立てた作だった。技巧の説明をくどくどと述べたて、ますます得意満面となるうちに、芸術家は庇護者の凜々《りり》しい顔に険悪な影が浮かんでいることに気づきはじめた。彼は理由を推し測った。「こんな取るに足らん身分の男が」と専制王が考えているのは確かだった。「国々の支配者たる余《よ》にできぬことをなしうるとは」。ちょうどこのとき、泉の水を飲むためにとまっていた一羽の小鳥が羽根音も高く空中に舞い上がった。彫刻師はわが身を救う考えを思いついた。「ああいう実につまらぬものでも」と彼は小鳥を指さしつつ大声でいった。「わたしたちより飛ぶのがうまいのは認めねばなりませぬな」

アドルフォ・ビオイ＝カサーレス

取り乱して

ある猟師が獲物をどっと追い出そうと、周囲の森に火をつけた。突然、ひとりの男が岩から姿を現わすのが見えた。

男は平然として火のなかを歩いた。猟師は男のあとを追った。

「おい、あんた。いったいどうやって岩のなかへはいったのかね？」

「岩だって？　何のことかな？」

「火のなかを歩くのも見ましたぜ！」

「火だって？　火とは何のことかな？」

その完全な道教徒は、完璧な無為に到達していて、ものごとに何の違いも認めなくなっていた。

アンリ・ミショー『アジアの一野蛮人』

エジプト人の試み

父親の職業だった本屋を継ぐ前の数年間、彼は《連禱《ジクル》》と呼ばれる宗教的な儀式を行なう以外、何の商売もしていなかった。《連禱《ジクル》》とは大勢の者たちが声をそろえて神の名や属性などを繰り返し唱えるものである。そしてそのような儀式に彼はいまでもしばしば雇われる。彼は当時、サアディーエー宗団の托鉢僧《ダルウイーシュ》のひとりだった。この宗派は生《い》き蛇《へび》を食うことでとくに名高い。そして彼も生き蛇を食ったということだが、しかしかならずしも消化しやすいものだけを食べたわけではなかった。ある夜、宗団の首長《シエイフ》も出席していた托鉢僧《ダルウイーシュ》の集会で、わが友人は狂信的な錯乱に陥り、床に置かれた蠟燭《ろうそく》をおおう背の高いガラスの風除《かぜよ》けをひっつかみ、それを大部分食べてしまった。首長《シエイフ》をはじめとして托鉢僧《ダルウイーシュ》たちは呆気にとられてこれを眺め、宗団の規律を破ったとして彼を非難した。ガラスを食うことは、彼らが許されている数々の奇跡行為のなかにはいっていなかったのだ。そこで即刻、彼は除名された。それから彼はアーメディーエー宗団に入会した。この宗団もやはりガラスを食わなかったので、彼は二度とそんなことはしまいと決意した。ところがその後まもなく、サアディーエー宗団の者も何人か同席していたこの宗団の集会で、彼はまたもや錯乱に陥り、シャンデリアに飛びつくと、それについている小さなガラスのランプをひとつ鷲《わし》づかみにし、半分ばかり貪り食い、なかの油と水まで飲み込んでしまった。彼は首長《シェイフ》の前に引き出され、この罪の審判を受けた。しかし今後けっしてガラスを食べないと誓ったので、罰せられることも宗団から追放されることもなくてすんだ。ところがこの誓いにもかかわらず、その後まもなく彼はまたもやガラスのランプを食う性癖を満足させたのだ。そしてその場に居合わせたとある仲間の托鉢僧《ダルウィーシュ》が、同じことを試みようとした。しかし大きな破片がこの軽率な男の舌と口蓋《こうがい》の間に突き刺さり、わが友人はこれを引き抜くのにたいへんな苦労をした。

エドワード・ウィリアム・レイン『近代エジプト人の風俗習慣』（一八三六）著者序

回顧的な

大洪水の時期になると、彼らは動物たちが溺《おぼ》れないようにノアの箱舟を注文した。

クレメンテ・ソサ『ビリャ・コンスティトゥシオン＝カンパナ間家畜運搬に関する報告』（カンパナ、一九一三）

被告

物語はこうだ。

ウィーンの皇帝が、ガリシアのユダヤ人のすでにみじめな境遇をさらに悪化させるような勅令《ちょくれい》を公布した。その頃、律法学者《ラビ》エリメレクの研鑽所に、フェイヴェルという真摯《しんし》な弟子が住んでいた。ある夜フェイヴェルは起き上がり、律法学者《ラビ》の部屋へいき、こういった。

「師よ、わたしは神を告訴したいと思います」

自分の言葉を耳にして、彼はおののきを感じた。

律法学者《ラビ》は答えた。

「よかろう、しかし法廷は夜は開かない」

翌日、ふたりの師がリゼンスクに到着した。コズニッツのイスラエルと、リュブリンからきたヤコブ・イツハクである。彼らは律法学者《ラビ》エリメレクの家に落ち着いた。権利照査がすむと、律法学者《ラビ》はフェイヴェルを呼んでいった。

「さあ、おまえの告訴をわれわれに述べるがいい」

「もはやそうする力がありません」とフェイヴェルは口ごもった。

「わたしがその力を与えよう」と律法学者《ラビ》がいった。

フェイヴェルは話しはじめた。

「どうしてわたしたちはこの帝国で奴隷《どれい》の状態でいるのでしょう。神はモーゼの五書で『イスラエルの子らはわが僕《しもべ》なり』といわれませんでしたか。神はわたしたちを異国の地へと送られましたが、わたしたちが神にお仕えできるように、わたしたちを自由にしてくださるべきです」

これに対して律法学者《ラビ》エリメレクは答えた。

「さて、法の命ずるように、裁き人に影響をおよぼさないため、原告と被告は法廷から退出せねばならない。それゆえ、律法学者《ラビ》フェイヴェルよ、退《さ》がるがよい。全世界の主よ、われわれはあなたに去ってほしいということはできない。なぜならあなたの栄光が世界を満たし、あなたの存在がなければわれわれは一刻も生きてはいられないからだ。しかし神よ、われわれに影響をおよぼさないことをわれわれは願う」

三人は無言のまま目を閉じて熟議した。夜になると彼らはフェイヴェルを呼び、彼らの決定を伝えた。彼の要求は正しかった。同じ時刻に皇帝は勅命を取り消した。

マルティン・ブーバー

見物人

ドン・フワン　あそこを通るのは誰の葬列かね？
石像　おまえさんの葬列じゃないか。
ドン・フワン　死んだ？　おれが？
石像　大尉に殺されたのさ。
おまえが家から出てきたところをな。

ホセ・ソリーリャ『ドン・フワン・テノーリオ』（一八四四）第三幕第二場

信心過剰の危険

ある日、アブ・ノナスが友人のもとを訪れていると、屋根がきしみはじめた。「あれは何だい？」と彼はいった。「こわがることはないよ、屋根が神を称えているだけさ」。この言葉を聞くや、アブ・ノナスは退散した。「どこへいくんだい？」と友人が後ろから声をかけた。「屋根の信心が強くなりそうでね」とアブ・ノナスは答えた。「ぼくをなかにしたままひれ伏されちゃかなわない」

ノザト・エル・ジャラス

あるファンタジーの結末

「不思議だこと」。用心ぶかく近づきながら少女はいった。「なんて重い扉なの！」そういって彼女が手をふれると、扉は不意にガシャンと閉まった。

「困ったぞ」と男が叫んだ。「こっちの内側には掛け金も閂《かんぬき》もなさそうだ。おやおや、ふたりともここに閉じこめられたんだ」

「ふたりともですって。いいえ、ひとりだけよ」といって、少女は扉をすーっと通り抜け、姿を消した。


I・A・アイアランド『霊の訪れ』（一九一九）

四つの黙想

何頭もの豹《ひょう》が寺院へ乱入し、聖餐杯《せいさんはい》を飲み干す。これが繰り返し何度も起こる。ついにそれはあらかじめ予想のつくこととなり、そして儀式の一部となる。

烏《からす》たちが、烏一匹でも天を破壊できると主張する。なるほどそのとおりだが、それは天をそこなう何ごとをも証明しない。天はたんに烏の不可能性を意味するからだ。

猟犬たちが中庭でたわむれているのに、野兎《のうさぎ》は逃げようとしない。もう森のなかをどんなに速く駆けているかもしれないのに。

王になりたいか、王の飛脚になりたいか、その選択が彼らに与えられた。子供のように、彼らはみな飛脚になりたがった。そこでいまや実に多くの飛脚がいて、世界を飛びまわり、そして王がひとりも残っていないので、たがいに無意味で廃《すた》れた伝言を叫びあっている。彼らはこのみじめな生活に喜んで終止符を打ちたいのだが、奉仕の誓いをしたためにそれができない。

フランツ・カフカ「罪、苦痛、希望、真の道に関する黙想」（W・ミューア、E・ミューア共訳『シナの長城』ニューヨーク、一九四八）

狐の話

王《ワン》は二匹の狐が後足で立って、木によりかかっているのをみた。その一匹が一枚の紙を手にしており、二匹で冗談をいいあっているように笑っていた。

王はこれを嚇《おど》して追い払おうとしたが、動かないので、ついに紙をもっているほうの一匹めがけて発砲する。狐は目を撃たれ、王はその紙片を奪う。旅籠《はたご》で王はほかの客たちにその話をする。彼が話していると、眼帯をした紳士がはいってきた。男は王の話を興味ぶかげに聞いていて、その紙をみせてくれないかといった。王がそれを取り出そうとしたとき、旅籠の主人はその新来者に尾のあることに気付く。

「やつは狐だ！」と主人が叫ぶと、すぐさま男は狐に戻って、逃げ出した。

判読できない文字がびっしり埋まっているその紙を、狐たちは何度も取り返そうとしたが、そのつど失敗する。やがて王は故郷へ帰ることにした。途中で彼は家族全員に出会った。彼らは都へ向かう途中だった。彼自身がこの旅を命じたというのだ。そして母親は、彼が家財を売り払って、都で落ちあうようにいったという手紙をみせた。王が手紙を調べてみると、それは白紙だった。もはや住む家もないのだが、彼は「さあ、帰ろう」といった。

ある日、皆が死んだものとあきらめていた弟が現われた。彼は一家の災難のことを尋ね、王は一部始終をきかせた。「なるほど」。王が狐たちのことにふれると、弟がいった。「それが禍いのもとだ」。王は問題の紙を彼にみせた。王の手からそれをひったくると、弟はそれをポケットに押し込め、こういった。「ついに望みのものを取り返したわい」。それから狐に姿を変え、うまうまと逃げていった。

牛嶠『霊怪録』(九世紀)

万一にそなえて

レドワルド〔東サクソン人の王〕は……ケントでキリスト教の聖餐《せいさん》を許されたが、しかしむだだった。というのは国へ戻ると妃や邪《よこし》まな教師たちに誘惑され、信仰の誠に背をむけてしまったのだ。……そこで同じ寺院のなかに彼はキリストに捧げる祭壇と、もうひとつ悪魔たちに生贄《いけにえ》を供える小さな祭壇をもうけた。*

ビード師『イギリス教会史』二－十五（ジョン・スティーヴンス、ライオネル・ジェイン共訳、ロンドン、一九四四）

＊ビードは古代ゲルマンの神々を「悪魔」と呼んでいる。V・D・スカッダーによる同書序文を参照のこと。「……キリスト教教会のなかにレドワルド王が建てた、オーディンを祭る小さな祭壇」

オーディン

新しい信仰に改宗したオラーフ・トリッグファーソンの宮廷に、ある夜ひとりの男がやってきた。年老いた男で、黒のマントに身を包み、帽子を目深《まぶか》にかぶっていた。王はこの男に何かできるのかと尋ねた。よそ者は竪琴《たてごと》を弾ける、物語を語れると答えた。彼は竪琴で古曲を奏で、グズルーンとグンナルの話をし、最後にオーディンの誕生のことを語った。そのとき三人の運命の女神が現われた、と彼は語った。最初のふたりは大いなる幸せを約束したが、三番目は怒気荒く宣告した。「この子供はかたわらに燃えている蠟燭《ろうそく》より長く生きることはない」。そこで両親はオーディンが死なないように蠟燭を吹き消した。オラーフ・トリッグファーソンはこの話を疑った。よそ者は本当の話だと何度も念を押した。彼は蠟燭を取り出し、火をともした。それが燃えるのをみつめているうちに、男は遅くなったので退出するといった。蠟燭が燃えつきたとき、皆は彼を捜しに出かけた。王の宮廷から数歩離れたところにオーディンが横たわって死んでいた。

ホルヘ・ルイス・ボルヘス、デリア・インヘニエロス『古代ゲルマン文学』（一九五一）

黄金の中庸

マレルブは来世のあることをあまり確信していなかった。それで天国と地獄の話を聞くと、いつもこういうのだった。「ぼくはほかのみんなと同じように生きてきた。みんなと同じように死にたい。みんなのいくところへいきたい」

タルマン・デ・レオ『小話』二十九

訳者あとがき

図書館に住まう書淫の怪物ホルヘ・ルイス・ボルヘスは、親友ビオイ＝カサーレスの協力のもとに、九十二の「短くて途方もない話」から成る一冊の本を編んだ。その書 *Cuentos breves y extraordinarios*（Rueda, 1967）のなかに「物語の精髄《せいずい》がある」と彼らは断ずる。本書はその英語版 EXTRAORDINARY TALES（Souvenir Press, edited and translated by Anthony Kerrigan, 1971）の全訳である。

ボルヘスには笑いがあるということを、訳者は近頃しばしば思うようになった。さきに四苦八苦しながら『幻獣辞典』を翻訳した過程でも、ときおり笑いにすくわれるようなことがあった。そういえば、たとえばカーター・ホィーロックもその精《せい》緻《ち》なボルヘス論『神話創造者』の冒頭で、「驚くべき、深遠な、ユーモラスな、幻惑的なボルヘスの幻想の世界」と記していて、《humorous》の一語を忘れていない。本書はいわば《おかしみ》のアンソロジーとして読むことができる。

とはいっても本書はたんにさまざまの《おかしみ》のアンソロジーではなく、反復されるおかしみのアンソロジーである。本書のおかしみに出会って弛緩《しかん》するわれわれの知的な筋肉がふとこわばるとすれば、それはここにおさめられた短い話《テイル》の背後に、いや前後に、あるいは過去と未来に、《反復》というおぞましい影を何重にも見るからだ。現に、ボルヘスのおかしみを語る訳者自身、カーター・ホィーロックを反復しているではないか。

アントニー・カーリガンは、われわれが反復をしないなら、それは臆病《おくびょう》だといい、ルイス・マクニースを引用する（英語版序文）。

新しいものが何ひとつないことを
知っているゆえに何ごとをもはじめないのは
衒学《げんがく》的な詭弁――

原罪だ。

だがしかし、人間はアダムとイヴの原罪をすら反復しつづける。われわれは反復すべく呪われているようなのだ。そうした《反復》のアンソロジーが本書である。いいかえれば、本書は九十二枚の鏡から成るアンソロジーだということになる。増殖――というか《増像》――は無限である。

鏡の一枚一枚には、また、何かがきらりと光る。カーリガンにしたがえば、それをジョイスの顕現《エピファニー》と置きかえることもできる。『スティーヴン・ヒーロー』のスティーヴンによれば、それは「不意の霊的な明示」であり、「話し言葉や身ぶりの卑俗さのなかに現われようと、精神そのものの忘れがたい文句のなかに現われようとかまわない」。本書はそうした《瞬間》のアンソロジーである。

したがって本書は、ボルヘスのすべての作品と同じく、あらゆる意味において《cryptic》である。すなわち、そっけなくて、ぶっきらぼうでさえあり、それでいて簡潔で、むろん謎《なぞ》を秘めている。そのような話《テイル》や断片は奇妙にわれわれの知的興奮をかきたてる。

そしてまた、われわれはほんのすこし傲慢《ごうまん》になって、本書におさめられていない話の探索のために宇宙という図書館をいまいちど訪れてもよいだろう。訳者の個人的見解として、『幻獣辞典』のなかにあの芥川龍之介の河童が入れられていないのは、この怪物のひとつの失策である。同じような失策を期待しつつこの怪物に挑戦するのも、「本書が与える喜び」ではないか。少なくともわれわれがわれわれ自身の図書館を《読む》行為は、本書によって刺激されこそすれ、殺《そ》がれることはない。

柳瀬尚紀

一九七六年六月

解説　眠れない夜に

朝吹真理子

ベッドサイドに置いてあると間違いなく眠れなくなるから、安眠したいひとはこの本を手に取らない方がいい。怪奇と題名にあるけれど、いわゆるホラーとはちがう。

本書を翻訳した柳瀬尚紀さんは、ボルヘスのことを、無窮の図書館に書かれた言葉のすべてを読み尽くそうとする「不眠症の読み手」だと書いていたけれど、文学の不眠症が選り抜いた作品なのだから、目が爛々《らんらん》としてくるのは当然で、眠ることなどとうに諦めた不眠症の人がベッドサイドに置いておくのはいいかもしれない。

ボルヘスが書いた短篇「記憶の人、フネス」のなかに「眠ることは世界からそれること」という一文があったけれど、本書にもちょうど「不眠症」という作品がおさめられている。不眠のあまり拳銃で頭を打ち砕いた男は、死ぬことはできてもついに最後まで眠ることはできなかったという締めの言葉に、笑った後ぞっとする。横道になるけれど、「記憶の人、フネス」を読むたびに、羽生善治永世七冠が「忘れる」ことの大切さを話していたことを必ず思いだす。

葛飾北斎、中国の雄鹿、セイロンの人食い鬼、バビロニアの王に、ナポリの女乞食、古今東西の92篇にもなる「短くて途方もない」話ばかり、ページをめくるとあらわれる。有名な本だけれど、こういう珍奇な内容は、古書店で偶然手にとってこっそり読みたい気もする。復刊されることはよろこばしいのだけれど、明るい書店に並んでしまうのが残念な気持ちもすこしある。

本書は、ボルヘスと、親友であるビオイ＝カサーレス、彼の妻シルビーナ・オカンポ、三人が編者である「*Antología de la literatura fantástica*」（１９４０）という幻想文学アンソロジーが下敷きになっていて、そこからさらに短いものばかりを選り抜いた「*Cuentos breves y extraordinarios*」（１９６７）の英語版翻訳になる。選ぶことの卓越したセンスの良さにみとれる。柳瀬さんはボルヘスを「書淫」という言葉で表現しているけれど、子どものころから書物の虫だったひとだからこその、手つきなのだと思う。

ボルヘスは「人生における最も重要なものは」父親の書棚にあると回想している。『ハックルベリー・フィンの冒険』や、卑猥だから読んではいけないと言われていたバートン版『千夜一夜物語』、そして『ドン・キホーテ』もすべて英訳で読んでいる。『ドン・キホーテ』を後年原文のスペイン語で読んだときに「何かまずい翻訳のように響いた」(「自伝風エッセー」)と書いていたことも興味深くて、原典とはなんだろうかと思う。

私たちにとってなじみ深い、蝶の夢(「荘子の夢」)は行数でいえば二行だから、瞬間で読み終えられるような気がする。それでも、一個のレモンのなかにおびただしい数の鬼が住んでいるように(「秘蹟《ひせき》の贖《あがな》いびと」)、短いのに抱えきれない話ばかりつづくから、ほんのすこしずつ、舐《な》めるような読み方をしないと、身が持たない。

エドガー・アラン・ポオ唯一の未完長篇『ゴードン・ピムの物語』からの一場面(「島の水」)も、ほんの十数行に、全文の影がちらついていて、読むとどっと疲れる。視覚化しようとしてもしきれない、読むことでしかみえてこない水の有り様が気になって、読み終えるとまた戻って読みはじめてしまう。眠れないときにはもってこいだと思う。

誰の葬列だろうかとつぶやくドン・ファンに対して、石像が、おまえの葬列だと告げる『ドン・ファン』の有名な場面。原典から抜き書きされていると、ナンセンスな気味悪さが目立って、まったく違う話に思えてくる。落語「粗忽長屋《そこつながや》」のオチの、行き倒れになった自分の死体を自分で背負っている熊さんが「この死人はおれに違えねえが抱いてるおれは誰だろう」とつぶやく場面を同時に思い出した。ボルヘスが落語を知っていたら、この話は好むのではないかとひそかに思う。私はモーツァルトのオペラでしかみたことがないけれど『ドン・ファン』をふつうに通読していたらきっと「粗忽長屋」を思い出すことはない。引用することは、新しい作品としてそれを見いだすことでもある。

本書には、典拠があるようにみせて、ボルヘスかカサーレスの創作である作品がしれっと含まれていることを、英米文学研究者の柴田元幸氏の論文「I. A. Irelandとは何者か」(http://repository-old.dl.itc.u-tokyo.ac.jp/dspace/bitstream/2261/54164/1/reny004004.pdf)を読んで知った。収録されている「あるファンタジーの結末」

の著者であるI・A・アイアランドの存在を確認する文献が他になく、活字になっているのも、本書ただ一作だけ。オリジナルのものに典拠をでっちあげて収録された作品がまだあるのかもしれない。

ボルヘスが紹介する『千夜一夜物語』のなかにも、彼の創作とおぼしき一段があるのを、ジョン・バース「枯渇蕩尽の文学」（『ボルヘスの世界』国書刊行会）のエッセイで読んだことがある。ボルヘスが語る第六〇二夜の内容は、筆耕が物語を写し間違えていることに気づき、シェヘラザードは王様に千夜一話を一夜目からすべて語り直さなければならなくなる、という話で、「小説作品の登場人物が自らの登場舞台であるその小説の読者であったり、作者であったりするとき、われわれはわれわれの存在自体に虚構性がある」ことを突きつけてくる。このボルヘスが好む永劫回帰の一段は、どの版にも存在しない一段らしい。

しかし、そもそも『千夜一夜物語』は、長い時間をかけて、匿名のひとびとが新しい物語を加えたり削いだりして唇を連ねながら、ひとつの壮大な物語にしていったのだから、そのひとつにボルヘスの唇が重なっているのも自然なことのように思う。『千夜一夜物語』の長い時間までふりかえりだすと、さらに眠れなくなる。

本書は、一九七六年七月に晶文社より刊行された単行本『ボルヘス怪奇譚集』を文庫化したものです。

ボルヘス怪奇《かいき》譚集《たんしゅう》

二〇一八年 四 月二〇日 初版発行
二〇一九年一〇月三〇日 3刷発行

著 者 J・L・ボルヘス
A・ビオイ＝カサーレス
訳 者 柳瀬《やなせ》尚紀《なおき》
発行者 小野寺優
発行所 株式会社河出書房新社
〒一五一－〇〇五一
東京都渋谷区千駄ヶ谷二－三二－二
電話〇三－三四〇四－八六一一（編集）
〇三－三四〇四－一二〇一（営業）
http://www.kawade.co.jp/

ロゴ・表紙デザイン 粟津潔
本文フォーマット 佐々木暁
本文組版 株式会社創都
印刷・製本 中央精版印刷株式会社

Printed in Japan ISBN978-4-309-46469-5

幻獣辞典

ホルヘ・ルイス・ボルヘス　柳瀬尚紀〔訳〕　46408-4

セイレーン、八岐大蛇、一角獣、古今東西の竜といった想像上の生き物や、カフカ、C・S・ルイス、スウェーデンボリーらの著作に登場する不思議な存在をめぐる博覧強記のエッセイ一二〇篇。

ラテンアメリカ怪談集

ホルヘ・ルイス・ボルヘス他　鼓直〔編〕　46452-7

巨匠ボルヘスをはじめ、コルタサル、パスなど、錚々たる作家たちが贈る恐ろしい15の短篇小説集。ラテンアメリカ特有の「幻想小説」を底流に、怪奇、魔術、宗教など強烈な個性が色濃く滲む作品集。

居心地の悪い部屋

岸本佐知子〔編訳〕　46415-2

翻訳家の岸本佐知子が、「二度と元の世界には帰れないような気がする」短篇を精選。エヴンソン、カヴァンのほか、オーツ、カルファス、ヴクサヴィッチなど、奇妙で不条理で心に残る十二篇。

見えない都市

イタロ・カルヴィーノ　米川良夫〔訳〕　46229-5

現代イタリア文学を代表し世界的に注目され続けている著者の名作。マルコ・ポーロがフビライ汗の寵臣となって、様々な空想都市（巨大都市、無形都市など）の奇妙で不思議な報告を描く幻想小説の極致。

柔かい月

イタロ・カルヴィーノ　脇功〔訳〕　46232-5

変幻自在な語り部 Qfwfg 氏が、あるときは地球の起源の目撃者、あるときは生物の進化過程の生殖細胞となって、宇宙史と生命史の奇想天外な物語を繰り広げる。幻想と科学的認識が高密度で結晶した傑作。

コン・ティキ号探検記

トール・ヘイエルダール　水口志計夫〔訳〕　46385-8

古代ペルーの筏を複製して五人の仲間と太平洋を横断し、人類学上の仮説を自ら立証した大冒険記。奇抜な着想と貴重な体験、ユーモラスな筆致で世界的な大ベストセラーとなった名著。

ロベルトは今夜

ピエール・クロソウスキー　若林真〔訳〕　46268-4

自宅を訪問する男を相手構わず妻ロベルトに近づかせて不倫の関係を結ばせる夫。「歓待の掟」にとらわれ、原罪に対して自己超越を極めようとする行為の果てには何が待っているのか。衝撃の神学小説！

ポトマック

ジャン・コクトー　澁澤龍彥〔訳〕　46192-2

ジャン・コクトーの実質的な処女作であり、二十代の澁澤龍彥が最も愛して翻訳した《青春の書》。軽やかで哀しい《怪物》たちのスラップスティック・コメディ。コクトーによる魅力的なデッサンを多数収録。

エドワード・ゴーリーが愛する12の怪談　憑かれた鏡

ディケンズ／ストーカー他　E・ゴーリー〔編〕　柴田元幸他〔訳〕　46374-2

典型的な幽霊屋敷ものから、悪趣味ギリギリの犯罪もの、秘術を上手く料理したミステリまで、奇才が選りすぐった怪奇小説アンソロジー。全収録作品に描き下ろし挿絵が付いた決定版！　解説＝濱中利信

食人国旅行記

マルキ・ド・サド　澁澤龍彥〔訳〕　46035-2

異国で別れた恋人を探し求めて、諸国を遍歴する若者が見聞した悪徳の国と美徳の国。鮮烈なイマジネーションで、ユートピアと逆ユートピアの世界像を描き出し、みずからのユートピア思想を体現した異色作。

恋の罪

マルキ・ド・サド　澁澤龍彥〔訳〕　46046-8

ヴァンセンヌ獄中で書かれた処女作「末期の対話」をはじめ、五十篇にのぼる中・短篇の中から精選されたサドの短篇傑作集。短篇作家としてのサドの魅力をあますところなく伝える十三篇を収録。

悪徳の栄え　上・下

マルキ・ド・サド　澁澤龍彥〔訳〕　46077-2　46078-9

美徳を信じたがゆえに身を滅ぼす妹ジュスティーヌと対をなす姉ジュリエットの物語。悪徳を信じ、さまざまな背徳の行為を実践する悪女の遍歴を通じて、悪の哲学を高らかに宣言するサドの長篇幻想奇譚!!

ソドム百二十日

マルキ・ド・サド　澁澤龍彦〔訳〕　46081-9

ルイ十四世治下、殺人と汚職によって莫大な私財を築きあげた男たち四人が、人里離れた城館で、百二十日間におよぶ大乱行、大饗宴をもよおした。そこで繰り広げられた数々の行為の物語「ソドム百二十日」他二篇収録。

毛皮を着たヴィーナス

L・ザッヘル=マゾッホ　種村季弘〔訳〕　46244-8

サディズムと並び称されるマゾヒズムの語源を生みだしたザッヘル＝マゾッホの代表作。東欧カルパチアとフィレンツェを舞台に、毛皮の似合う美しい貴婦人と青年の苦悩の快楽を幻想的に描いた傑作長篇。

残酷な女たち

L・ザッヘル=マゾッホ　飯吉光夫／池田信雄〔訳〕　46243-1

八人の紳士をそれぞれ熊皮に入れ檻の中で調教する侯爵夫人の話など、滑稽かつ不気味な短篇集の表題作の他、女帝マリア・テレジアを主人公とした「風紀委員会」、御伽噺のような奇譚「醜の美学」を収録。

ブレストの乱暴者

ジャン・ジュネ　澁澤龍彦〔訳〕　46224-0

霧が立ちこめる港町ブレストを舞台に、言葉の魔術師ジャン・ジュネが描く、愛と裏切りの物語。“分身・殺人・同性愛”をテーマに、サルトルやデリダを驚愕させた現代文学の極北が、澁澤龍彦の名訳で今、甦る!!

花のノートルダム

ジャン・ジュネ　鈴木創士〔訳〕　46313-1

神話的な殺人者・花のノートルダムをはじめ汚辱に塗れた「ごろつき」たちの生と死を燦然たる文体によって奇蹟に変えた希代の名作にして作家ジュネの獄中からのデビュー作が全く新しい訳文によって甦る。

なしくずしの死　上・下

L-F・セリーヌ　高坂和彦〔訳〕　46219-6 46220-2

反抗と罵りと怒りを爆発させ、人生のあらゆる問いに対して〈ノン！〉を浴びせる、狂憤に満ちた「悪魔の書」。その恐るべきアナーキーな破壊的文体で、二十世紀の最も重要な衝撃作のひとつとなった。

信仰が人を殺すとき 上

ジョン・クラカワー　佐宗鈴夫〔訳〕　46396-4

「背筋が凍るほどすさまじい傑作」と言われたノンフィクション傑作を文庫化！　一九八四年ユタ州で起きた母子惨殺事件の背景に潜む宗教の闇。「彼らを殺せ」と神が命じた——信仰、そして人間とはなにか？

信仰が人を殺すとき 下

ジョン・クラカワー　佐宗鈴夫〔訳〕　46397-1

「神」の御名のもと、弟の妻とその幼い娘を殺した熱心な信徒、ラファティ兄弟。その背景のモルモン教原理主義をとおし、人間の普遍的感情である信仰の問題をドラマチックに描く傑作。

ドキュマン

ジョルジュ・バタイユ　江澤健一郎〔訳〕　46403-9

バタイユが主宰した異様な雑誌「ドキュマン」掲載のテクストを集成、バタイユの可能性を凝縮した書『ドキュマン』を気鋭が四十年ぶりに新訳。差異と分裂、不定形の思想家としての新たなバタイユが蘇る。

眼球譚［初稿］

オーシュ卿（G・バタイユ）　生田耕作〔訳〕　46227-1

二十世紀最大の思想家・文学者のひとりであるバタイユの衝撃に満ちた処女小説。一九二八年にオーシュ卿という匿名で地下出版された当時の初版で読む危険なエロティシズムの極北。恐るべきバタイユ思想の根底。

裸のランチ

ウィリアム・バロウズ　鮎川信夫〔訳〕　46231-8

クローネンバーグが映画化したW・バロウズの代表作にして、ケルアックやギンズバーグなどビートニク文学の中でも最高峰作品。麻薬中毒の幻覚や混乱した超現実的イメージが全く前衛的な世界へ誘う。

ジャンキー

ウィリアム・バロウズ　鮎川信夫〔訳〕　46240-0

『裸のランチ』によって驚異的な反響を巻き起こしたバロウズの最初の小説。ジャンキーとは回復不能になった麻薬常用者のことで、著者の自伝的色彩が濃い。肉体と精神の間で生の極限を描いた非合法の世界。

麻薬書簡　再現版

ウィリアム・バロウズ／アレン・ギンズバーグ　山形浩生〔訳〕　46298-1

一九六〇年代ビートニクの代表格バロウズとギンズバーグの往復書簡集で、「ヤーヘ」と呼ばれる麻薬を探しに南米を放浪する二人の謎めいた書簡を纏めた金字塔的作品。オリジナル原稿の校訂、最新の増補改訂版！

ランボー全詩集

アルチュール・ランボー　鈴木創士〔訳〕　46326-1

史上、最もラディカルな詩群を残して砂漠へ去り、いまだ燦然と不吉な光を放つアルチュール・ランボーの新訳全詩集。生を賭したランボーの「新しい言語」が鮮烈な日本語でよみがえる。

ヘリオガバルス

アントナン・アルトー　鈴木創士〔訳〕　46431-2

狂気のかぎりを尽くしてローマ少年皇帝の生を描きながら「歴史」の秘めた力としてのアナーキーを現出させる恐るべき名作を新訳。来たるべき巨星・アルトーの代表作。

解剖医ジョン・ハンターの数奇な生涯

ウェンディ・ムーア　矢野真千子〔訳〕　46389-6

『ドリトル先生』や『ジキル博士とハイド氏』のモデルにして近代外科医学の父ハンターは、群を抜いた奇人であった。遺体の盗掘や売買、膨大な標本……その波瀾の生涯を描く傑作！　山形浩生解説。

服従の心理

スタンレー・ミルグラム　山形浩生〔訳〕　46369-8

権威が命令すれば、人は殺人さえ行うのか？　人間の隠された本性を科学的に実証し、世界を震撼させた通称〈アイヒマン実験〉――その衝撃の実験報告。心理学史上に輝く名著の新訳決定版。

青い脂

ウラジーミル・ソローキン　望月哲男／松下隆志〔訳〕　46424-4

七体の文学クローンが生みだす謎の物質「青脂」。母なる大地と交合するカルト教団が一九五四年のモスクワにこれを送りこみ、スターリン、ヒトラー、フルシチョフらの大争奪戦が始まる。

著訳者名の後の数字はISBNコードです。頭に「978-4-309」を付け、お近くの書店にてご注文下さい。